我要我们在一起

The Dog Who Healed a Family

[美] 乔 · 柯德尔 著
荆康宁 译

全国百佳图书出版单位
APGTIME 时代出版
时代出版传媒股份有限公司
黄山书社

前言

这本书中的所有故事都是关于动物的，并且都是真实事件。这些故事的共同点在于动物和人之间的爱与关怀。南希·托普为了让一条十七岁的狗跨越1500多英里回家而努力了好几个星期。吉恩·弗莱明为一只生下来就没有脚的鹅设计了鞋子，并用牵狗的皮带拉着它直到它学会走路。在他们的野猪布巴失踪了几个月之后，帕特西和布迪·索恩的口袋里依旧装着它最喜欢吃的巧克力，在德克萨斯州的各个农场上寻找他们的野猪。

索恩夫妇最近给我寄来一则新闻，这则新闻是他们从当地报纸上剪下来的，讲的是一帮男人在狩猎途中碰到了一头野猪，当时这头野猪站在那里盯着他们，而他们则拿着弓箭朝它射了三箭，只不过这三箭都落空了。之后，其中一个男人大着胆子凑上前去逗弄了它一下，发现它很温顺，并且很享受这种关照。

这则新闻的奇特之处并不在于这个动物是布巴——它并不是——而在于这群猎手朝一个并不大，也不野，不足以对他们构成威胁，也不足以让他们拼命追逐的生物连射三箭。因为野猪的肉太粗不好吃，他们也并不是想把它作为食物。

这些猎手朝野猪射箭只是因为它在那儿，正如一位住在我下游的邻居会在政府管制的溪流中捕鱼，他会把所有他看见的鲑鱼都捞起来一样。其实他是一位和蔼可亲的男人，非常疼爱自己的孙辈，还为孩子们在树上搭建了一个平台，让他们可以悄悄地坐在那里，等黄昏时分鹿来河边喝水的时候射杀鹿。他还在河边设下了捕捉麝鼠的陷阱，在路上的时候会从土拨鼠和负鼠身上碾压过去。

其实他们一家人并不吃鹿肉。整个冬天，那具冻僵的鹿的尸体都躺在我家树林后面的田野上。也没有人要吃那个男人捕来的鲑鱼；他把鲑鱼都扔到自己的一个池塘里，直到它们因为数量过多缺氧而死为止。有一次，我问这个快乐的普通人为什么要特意碾过一只过马路的浣熊，他惊讶地看着我："它只是个动物！"

仿佛这已经足够解释一切了。

对许多人来说，这个理由够充分了。毕竟，耶和华不是对诺亚和他的子孙们说地球上的所有兽类和海里的所有鱼类都被交到人类手中了吗？这自然就给了我们毁灭它们的权力，哪怕我们当时并没有什么理由，只是因为它们存在着，而我们希望这么做。

是这样吗？我们后知后觉地认识到人类和动物、我们和它们之间并不存在什么二元性，正如我们发现自己和世界并不是分离的一样。世界就是我们，我们就是世界。我们不能简单地开采或者毁灭这个世界或者世界上的动物，除非我们想要在同一时间为自己带来无法修复的伤害。

1854年，美洲原住民西雅图酋长说：“如果没有了动物，人类将会变成什么样？如果所有的动物都灭绝了，在动物身上发生的事很快就会落到人类头上。我们知道，地球并不属于人类，而人类却属于地球。我们知道，世界上任何事物都紧密相连，一如血脉将一家人紧密联系在一起一样，地球遭受的一切都会落在其子孙头上。生命之网并非由人类织成，人类只是其中的一根线而已。他对这个网所做之事都会落在自己头上。”

这个世界不仅属于我们，同样也属于那些动物。让我们足够无私、坦诚、慷慨地与它们共享吧。这也就是说，当你碰到一条迷途的狗、一头失去父母的小鹿，或者一只生下来就没有脚的鸦时，不要让它感到害怕，要保证它的安全，如果可能的话，给予它一些帮助，善待它。作为回报，正如我们这些故事所展示的那样，你可能会得到一个很棒的伴侣，并且值得惊喜的是，你通常还会得到爱。

（美）乔·柯德尔

写于新泽西州加里芬市

The dog who healed a family

目录

家有忠犬 / 001 小狗快运 / 014 乖乖牧羊犬 / 028 康妮和狗 / 036

女人与狗的搜救队 / 042 爱的实验 / 055 可爱的伊丽莎白 / 069

我爱你，帕特·迈尔斯 / 081 雄鹿弗兰基 / 094 一头寻求帮助的鹿 / 110

一只名叫瓷器的天鹅 / 118 学会走路的鹅 / 130 你要怎么责打鸭子？ / 139

一头喜欢人的猪 / 151 布巴在哪里？ / 161

Smog 修女和毒蛇温德谢尔德 / 172 拯救角儿 / 182

后记：纯爱的一年 / 193

家有忠犬

The dog who healed a family

整场灾难源自于此。迪克豪斯一家正在收看一档关于难以被收养的孩子们的电视节目，一个有着类似吉姆·斯图尔特笑容的跛脚男孩打动了他们的心。“我们为什么不能收养他呢？”十一岁大的茱莉·迪克豪斯提议。

“嘿，对啊，那一定不错。”十四岁的史蒂夫赞同道，“那样就有人陪我玩了。”

“那就会像是书挡一样了。”雪莉说。她是一个严肃的十三岁孩子。她指的是史蒂夫就是在婴儿时期被收养的，如果家里再多一个小男孩的话，这个小男孩和史蒂夫就会在左右两边守护着这个家里的两个亲生女儿了。“你们怎么想呢，爸爸妈妈？”

莎伦和唐·迪克豪斯夫妇一直在假装看报纸，但他们也一样感受到了来自那个小男孩的牵绊。他们相互对看了一眼。他们那鹅卵石砌成的房子中有足够的空间，他们在威斯康星州那九十公顷大的牧场和树林里有足够的空间，他们的心中也有足够的空间。第二天，莎伦去了那座城市的领养中介。但是在电视节目录制和播放的这段时间差内，那个跛脚男孩已经去了一个新家了。

所以这个慷慨的主意就到此为止了。只是几周后，中介寄来了一张另一位八岁小男孩的照片。看到这个小孩子努力挺起自己的小身板来掩饰自己的脆弱，同时张开双臂貌似在保护着身旁两个小女孩的样子，“就是他了。”莎伦心想。哪怕在她读了随照片一起寄来的信，得知那两个小女孩是他的妹妹，而收养中介规定这三个孩子必须被一起收养之后，莎伦依旧想着：“就是他了。”

“如果你能再搞定三个孩子的话，那我也没问题。”唐愉快地答应了这个奇思妙想。他做兽医的收入足以维持他们的开支。

他和莎伦又读了一遍中介的来信。他们了解到，八岁的蒂莫西、五岁的克莱尔以及四岁的劳里都是一位大学毕业生的孩子。这位大学毕业生经历了一场严重的车祸，虽说容貌没有受到伤害，但是大脑却严重受损，无法再分辨是非，任何男人只要愿意为她买酒并且提供毒品都能把她领走。这些孩子的生父无法确认，母亲的行为不受常理限制，并且常常忘事。当她一连几天消失不见的时候，蒂莫西就会尽其所能地照顾这两个小女孩，把家里能找到的东西都拿来给她们吃，给她们洗澡、穿衣服，在他妈妈把一个素不相识的男人带回家时，他会竭尽全力保护哭泣的妹妹们，防止她们被打——或者遭受更大的磨难。

在他们的妈妈在只有五度的天气里把他们忘在了一个街角的那天，儿童福利机构发现了他们，开始对他们进行查访。当他们登门拜访，发现小女孩身上到处都是淤青时，他们把孩子们送到了寄养家庭里。但是这些小孩子不愿意分开——而他们的这种抵触情绪又让他们极难管教——所以现在这家中介正在寻找一个愿意同时收养他们三个的家庭。

莎伦和唐与史蒂夫、雪莉和茱莉开了一个家庭会议。雪莉又一次提到了这种对称性：一个男孩和两个女孩，就像他们一样。他们觉得这个决定不错，一致同意让蒂莫西、克莱尔和劳里来到他们身边。

这是一场灾难。

八岁的蒂莫西是个小大人，从来也不知道该怎么玩。因为肩负着沉重的责任，他非常小心谨慎、死板无味、悲观忧虑，并且毫无幽默感。当史蒂夫试图教他扔球时，他表现得就像一个木头人一样没劲；而当女孩子们试着让他加入捉迷藏游戏时，他把自己给绊倒了，并且很快就回到了屋子里。迪克豪斯家的孩子们很快得出结论，认为他就像殡仪员一样无趣。

克莱尔则不同，她总是一直不停地微笑。这种微笑空洞乏味、一成不变，就像印在娃娃脸上的一样，而且不管对她说什么、做什么，她总是会这样微笑。她唯一能够完全确定的事情就是她最喜欢的颜色是黑色。大部分时间里，她都在用一根黑色的蜡笔在纸片上猛戳，然后把这些纸片藏到屋子里的各个角落。要不然她就会往自己的鼻子上猛捶，直到两行血如小河一般汹涌而出，然后把血抹在墙上。

一天下午，莎伦·迪克豪斯为了阻止这种行为，提议用她女儿们喜欢的彩色瓷杯办一场玩偶茶话会，四岁的劳里突然大发脾气，掀翻了桌子。劳里一天要发四到五次脾气。通常都是冲着自己的姐姐，她会用指甲抓克莱尔的脸，有一天更恐怖，她用一个指南针的尖头捅了她。莎伦恳求克莱尔学会自卫，至少在莎伦赶来帮助她之前保护自己，但克莱尔只是依旧空洞地微笑着。

每天晚上当唐回家时，劳里的恐慌症都会发作，一连尖叫哭泣上好几分钟。她极度害怕男人，不肯让唐接近她，也不允许劳伦来安慰她。只要一有人试着去碰她，不管有多温柔，她的身体都会变得僵硬起来。

平静与礼貌犹如被戳破的轮胎中的空气一样从这个家庭中慢慢地流失着。家中原有的三个孩子和新来的三个孩子相互回避着彼此，因为这三个不合群孩子的存在，那些大一点儿的孩子甚至变得渐渐跟父母疏远了。莎伦寻求了专业帮助。她带新来的孩子们去进行诊断和治疗，跟他们在家里做游戏，试着让他们允许自己拥抱他们，有时甚至要借助强制手段。但是这些孩子还是无法产生信任感，不肯放松，甚至也不肯相信他们的世界在某种意义上已经变得更好或者更加和善了。

有一天，当孩子们又一次大打出手，莎伦感到自己已经山穷水尽、忍无可忍时，电话铃声响了，是唐从办公室打来的："让孩子们上车，过来。"

"干什么？"

"你会知道的。"唐说道，然后挂断了电话。

莎伦在命令孩子们上车时声音充满了怒气，因此没有一个孩子敢违拗。六个孩子一起冲进了兽医诊所的候诊室，这惊动了一条有着顺滑的黑色皮毛的大狗，它跳了起来，胸口发出低沉的吼声，保护着它的主人们和他们的宝宝。

唐听到了外面的动静，从诊疗室里走了出来。"他们要搬到城里去，"他向莎伦介绍着这对年轻的夫妇，"他们的这条狗是一条很棒的看门狗，也喜欢孩子们。但是他们在城里没办法养它，也找不到人可以收养它，所以他们把它带来做安乐死。"

"哦，不要！"茱莉抗议道，她甚至比她的父母还要更加热爱动物。"爸爸，你不能这样做！妈妈，我们不能收养它吗？"

莎伦咬住了嘴唇，强忍着不去评论茱莉上一次提出的收养建议为他们带来的麻烦。她瞪着唐，怪他在孩子们和这对年轻夫妇面前将自己置于这般田地。

"它才只有一岁大，非常强壮、健康，"唐为自己辩护道，"但是，当然了，还是看你怎么说。”

一阵愤怒涌上了莎伦的心头。很显然，唐想要这条狗，因为它那顺滑的皮毛很像他十几岁时最喜欢的伙伴拉斯蒂。很显然，他早就知道茱莉会爱上这条狗，因为它看起来很像他们几个月前被偷走的拉布拉多犬小黑。但是他为什么就不能考虑一下她的处境呢？她那么努力地想要维护一个家庭的和睦，她可不想要再多应付一个担惊受怕、无家可归的生物了。

“把它放到狗舍里，以后再说。”莎伦从紧闭的双唇间挤出这样一句话，然后带着孩子们大步走回了车里。

在开车回家的路上，莎伦满心期待着乞求的声音响起。那些小孩子不会的——他们怕狗，正如他们害怕其他所有东西一样。但是连茱莉也什么都没说。突然之间，莎伦意识到她的孩子们是怎么想的：如果不是因为这几个新来的家伙的话，她是会同意收养这条狗的。所以现在迪克豪斯家的孩子们又多了一个憎恨这些小孩子的理由。当他们到家之后，莎伦给唐打了个电话，让他把狗带回家，看看到底成不成。

“它叫什么名字？”她在挂上电话之前问道。

“谢妮。”

“如果它跟自己的名字一样蠢的话，那它就别想留下来了。”

那天晚上，谢妮并没有躺到那条舒适的狗舍的毯子上，而是拼命扯着狗链，咆哮着。早上的时候，茱莉木然地说："我想我们不能养它了。"

"把它牵进来，"莎伦说，"看看这样能不能让它停止叫唤。"

狗在厨房的一个角落里缩成一团，而孩子们则急匆匆地为上学做着准备。当所有人都走了，只剩下劳里时，莎伦跪在地上，看着屋子另一边的谢妮。

"过来。"她说。

狗胆怯地摇着尾巴尖儿，当下便尿湿了地板。

"坏狗！坏狗！"劳里尖叫着，"走开！"

莎伦抓住了孩子举起的胳膊，不让她打到狗。"不是坏，"莎伦平静地纠正说，"只是吓坏了。它不认识我们，不知道我们是不是会对它好。"她坐在地板上，静静地说："谢妮……谢妮，没事的。现在这里就是你的家了。我们永远不会伤害你。我们会爱你，照顾你。你不会有事的，我保证。"

狗沿着地板挪动过来，直到可以嗅到莎伦的手为止。劳里在一旁看着，谢妮感激地舒了口气，把头靠在了莎伦的大腿上。劳里伸出手来碰了碰它。狗的尾巴轻微地摇摆着。莎伦屏住了呼吸，劳里知道这段话也是对她说的吗？劳里把脸埋在了谢妮那柔顺的颈毛里。莎伦挪了挪手臂，抱住了孩子和狗。孩子并没有挣脱出来。这是她第一次允许别人触碰她。

那天晚一些的时候，劳里发起了脾气，倒在地板上又踢又叫。谢妮远远地看着，然后咬住自己毯子的一角，把毯子从地板上拖过来，让它落在劳里身上，然后满怀希望地摇着尾巴。孩子吃了一惊，停止了尖叫。

“我想它是想跟你玩拔河游戏。”莎伦说道。

劳里扭曲着脸，又开始尖叫起来。谢妮用鼻子又把毯子挪近了一点儿，劳里抓住了毯子的一个角，谢妮扑过去咬住了它对面的一角。劳里拉着毯子，谢妮后腿撑住，用力地拖着。狗要更强壮一点儿，但它的爪子抓不住打了蜡的地板。劳里又笑又吼，拖着谢妮满厨房跑，直到他们两个双双摔倒滚成一团为止。

那天傍晚当唐·迪克豪斯回家，劳里的歇斯底里症又开始发作时，谢妮的吠叫声几乎压过了她的声音。“我救了你的命。”唐对狗说道。但是谢妮之前接受过训练，要保护那对年轻夫妇的宝宝，莎伦不得不抓着它的项圈，拉住它进行劝告，否则唐就进不了屋子。连续几晚发生这样的事情之后，劳里的歇斯底里症不再犯了，就好像狗的小题大做让她自己的行为也显得愚蠢了。

有一天晚上，唐·迪克豪斯因为考虑到蒂莫西不会玩，买了他能找到的最简单的玩具带回家。那是一把水枪。当唐向蒂莫西展示怎么装水、怎么扣动扳机时，谢妮在一旁徘徊着。当水在空中划出一道弧线时，狗奋力地跳起来想要接住它。蒂莫西开心地欢呼起来。他抓住水枪,开始发射。谢妮跳了一次又一次。唐走开了，让他们两个高兴地在一起玩着。

谢妮不光喜欢水，也喜欢接东西，所以史蒂夫会扔棍子让它去捡，然后叼回来。当史蒂夫不在的时候，谢妮叼了一根棍子放在蒂莫西的脚边，充满希望地摇着尾巴。但是蒂莫西扔不好棍子，因为它总是落得太近，所以有一天他让史蒂夫来教他怎么扔。他们从一只网球入手。当蒂莫西随意地将球扔向不同方向时，谢妮会去把它捡回来，当他扔得越来越好时，它开始跳起来接球。后来这场游戏逐渐演化成另外的样子，蒂莫西和史蒂夫会向彼此扔球，而谢妮则在中间试着把球拦截下来。现在，当晚餐结束时，史蒂夫不再消失不见了，而是会对蒂莫西说："来吧，让我们到外面去跟谢妮玩去。"

雪莉不屑于跟男孩子们一样在外面跟狗一起玩耍摔跤，她太过于注重自己的隐私了。因此，正如莎伦向唐所说的那样，她正深陷在青春期忧郁症之中。谢妮似乎感受到了这一点，因此，只要它能推开雪莉房间的房门，它就会轻轻走进去，把下巴放到床上，不去打扰雪莉，而是静静地看着她，直到雪莉自己惊起，喊狗过来给它一个拥抱。

当雪莉不知道第几次在自己最宝贝的收藏里发现黑色的蜡笔纸片时，她冲克莱尔大叫道："不准你再进我的房间了，你这个粗野的人！"

克莱尔的微笑第一次消失不见了。她看起来有些不知所措，藏到了角落里。当莎伦前去看看自己能否让这个小姑娘跟她谈谈时，她发现她把头埋在谢妮的颈毛上正在哭泣。"至少你喜欢我。"她轻声对狗说道。这个孩子之前从来没让自己哭过。从那时开始，每当她感到不安时，她就会去找谢妮寻求安慰。

"我们就像找到了最棒的保姆一样，她知道每个孩子什么时候有烦恼以及他们究竟需要什么。"莎伦对唐惊叹道，"它知道自己什么时候该活跃，什么时候该安静，什么时候该打闹，什么时候该玩耍。"她还想补充说谢妮很清澈，如同威斯康星州的一池湖水一般，那些可怜的、受过创伤的孩子通过它学会了信任他人，但是她担心唐会觉得这种说法太花哨了。

"如果它有那么聪明的话，"唐抱怨说，"它为什么还是把我当成敌人一样？我救了它的命，它甚至都不肯让我爱抚它。"

一天下午，当莎伦正在烘焙时，劳里、克莱尔和蒂莫西聚在橱柜旁等着舔盛放糖霜的碗。劳里突然问道："谢妮是被寄养还是被收养的？"

"哦，收养的，"莎伦告诉她说，"收养意味着我们不仅仅只是在照顾它。它是属于我们的，它是我们的家人。"

"即使它不好，你也不会把它送走吗？"

"绝对不会。"

"你不会伤害它吗？"

"绝对不会。"

克莱尔说："我们是被收养的。"

"是的，"莎伦说，"是的，你们是被收养的。"

孩子们沉默了，直到劳里开口道："让我来说，等我们给蛋糕裱好糖霜，那些大孩子回到家以后，让我们用那些漂亮的杯子办一场茶话会吧。"

"我不要，"蒂莫西说，"我要和谢妮还有史蒂夫去树林里猎熊。"

晚些时候，当莎伦从橱柜里把那些蓝色的彩瓷茶杯找出来以后，她望向窗外。男孩子们和狗正在草地上奔跑，蒂莫西在大步大步地跳跃。莎伦突然觉得自己从没见过比这更加无忧无虑的男孩。

此后不久的一天傍晚，莎伦和唐带着六个孩子去溜冰场玩。他们都参加了一场过栏比赛，要从栏杆下面滑过去。但是在栏杆变得越来越低的情况下，他们一个个都摔倒了——只有克莱尔没有。“嗨，快看克莱尔！”雪莉在这个小姑娘明显快赢了的时候说道。很快，雪莉就带领着他们所在的这一排看台区域不断欢呼起来。“加油，克莱尔，加油！”他们不断地喊道。克莱尔脸红了，接着咧开嘴笑了起来，朝他们挥着手。在加油呐喊声的鼓舞下，她不断往前行进着，到了最后只有她一个人还没有摔倒。

莎伦觉得是因为赢取了这场胜利，克莱尔一直郁郁寡欢的面孔才一下子变得开朗、神采奕奕起来。当他们回到家时，克莱尔奔跑着第一个到达门口，莎伦听到她大喊着谢妮的名字。狗一下子就感觉到了这个孩子的兴奋，不断跳跃着、吠叫着，而克莱尔则高兴地对它说:“他们为我加油了，谢妮！你听到了吗？我有朋友了！我有朋友了！”

傍晚的时候，孩子们通常会躺在壁炉旁的地板上，而谢妮总是占据着他们中间的位置。它最喜欢吃的东西是爆米花，它会一个挨一个地冲孩子们讨要爆米花，让他们把一个爆米花丢到空中，它接住然后吞下去。

莎伦看着他们，心想：孩子们就像轮子上的轮辐一样，而谢妮则是将他们连接在一起的中心。他们通过爱它学会了爱彼此。

“好了，孩子们，不要再给狗吃爆米花了。”唐提醒他们说。

他唤着它的名字，“谢妮……”

它在走向他的时候还略显犹疑，但是随着孩子们安静下来，把脑袋枕到其他人的身体上盯着炉火看，而唐的手指则温柔地抚摸着它耳朵后面那块柔软的地方——它喜欢让人挠那里，谢妮于是凑近了些，把脑袋靠在他肩膀上。过了一会儿，劳里从莎伦和唐之间挤了进来，把脑袋靠在唐的另一个肩膀上。

莎伦和唐隔着孩子的脑袋相视一笑。“它让我们成了一家人。”唐柔声说道。

“谢谢你，谢妮。”莎伦说。

小狗快运

The puppy express

卡车沿着州际公路前行时，小狗正蜷成一团在南希·托普的腿上打着瞌睡。突然之间，南希感到它警觉起来，身体变得僵直。“出什么事了，老姑娘？”南希问道。十七岁的史努比心脏不太好，肾也有些问题，全家人都很担心它。

这是一条小型犬，达克斯猎狗的身体上却长着比格犬的头颅。只见它挣扎着站起来，直直地凝视着前方，看起来好像是在示意猎物的方向。南希顺着狗狗专注的目光看去，随后她也看到了——一缕烟雾正从汽车仪表盘的缝隙中盘旋升起。“乔！”她冲驾驶座上的丈夫大喊，“乔，引擎着火了！”

几秒钟内，这辆老卡车的驾驶室里就充满了浓烟。南希、乔，还有他们的两个孩子——十二岁的乔迪和十五岁的马修都跳到了路边，然后跑开。当大家都跑出了危险地带之后，又回转身来等着汽车爆炸，将他们的所有东西都炸到九霄云外。然而事实并非如此，轰隆隆的引擎渐渐沉默下来，猛地抽动了一下之后便熄火了。

乔是第一个开口说话的人。“史努比，”他对着这条棕白相间的小狗说，“你的听力和视觉可能没那么好，但是你的嗅觉一点儿问题也没有。”

“现在如果你能告诉我们该怎么回家就好了。”马修开玩笑地说。只是这可不太能算是一个玩笑。他们现在被困在怀俄明州的高速公路上，离家有1500多英里远。而且很明显，尽管乔擅长修理，但是他拿那辆卡车也毫无办法。小狗用它那因患白内障而暗淡无光的眼睛费力地凝视着四周的面孔，似乎也感染了他们的焦虑。

托普一家上路的原因是在五个月前，乔的一个外甥告诉他说纳帕谷地区有活可干，于是乔和南希决定赌一把，搬到那里去。在清理了印第安纳州韦恩堡家中的东西后，他们带上孩子们和史努比动身前往加利福尼亚州。但是到了那儿之后才发现他们赌输了，因为乔并没有得到期望中的仓库工作，南希和孩子们思家心切，加上已经一月份了，他们的积蓄正在逐渐减少，于是他们决定上路返回韦恩堡的家中。

卡车把他们带到了怀俄明州的罗克斯普林斯，但是现在除了以25美元的价格把它卖给废品回收商，然后再搭个车去巴士站之外别无他法。他们在那儿得到了两个坏消息：四张去韦恩堡的车票总额要比他们身上现有的钱多得多;此外，狗狗不允许被带上巴士。

“但是我们必须要带上史努比，让它跟我们在一起。”南希恳求着售票员，眼中充满了泪水。这是灾难性的一天，但其中最糟糕的消息莫过于此了。

乔将南希从窗口前拉开。现在为了史努比把自己搞得心神不安是没用的，他告诉她，他们得先想办法把自己弄上巴士。除了求救之外，他们别无选择，于是他们给旅行者援助组织打了个电话，当地的代表热心高效地为他们安排了一家汽车旅馆过夜。乔把自家的行李堆到宾馆房间内，然后给老家的亲戚打了个电话，亲戚答应帮他们凑车票钱，第二天再汇过来。

“但是史努比怎么办？”爸爸一挂上电话马修就开口问道。

“我们不能丢下史努比走掉。”乔迪断然说道。

乔把小狗抱起来。“史努比，”他用它喜欢的方式拽拽它耷拉着的耳朵说道，“我想你得搭个便车了。”

“别闹了，乔。”南希没好气地说。

“我没有闹，亲爱的。”他安抚着她，然后把史努比塞到他的臂弯里，“我要去努力找一辆往东面开的卡车，好把这个老姑娘带回我们家。”

在当地的卡车站，乔把史努比放到身边的一条凳子上，然后自己开始跟逗弄史努比的司机们攀谈起来。“哎呀，我真想帮你这个忙，”有的司机说，“它太可爱了，我不介意让它伴我一程，但是我这一趟不走韦恩堡。”唯一一名原本有可能带上它的司机把史努比抱起来，仔细看了看它，“不成，”他粗声粗气地说，“带上这么一条老狗的话，我一路得停好多次让它撒尿，可我要赶时间。”不死心的乔钉了一块牌子，请求有人能送史努比一程，并且附上了汽车旅馆的电话。

“在明天巴士发车前会有人打电话来的。”当他和史努比回到汽车旅馆时，他对着孩子们预言道。

“但要是没人打来怎么办？”乔迪问道。

“宝贝，我们必须要赶上那班巴士，旅行者援助组织只能为我们付一晚的房费。”

第二天，乔出门去取亲戚们汇过来的资金，而南希和孩子们则整理着他们的行李，有的东西可以塞到允许他们带上巴士的六件行李中，而有些不行，只能留下来。通常情况下，当大家干活时史努比都会去睡觉，但是现在，史努比的目光却紧紧地盯着他们的一举一动。如果中间有谁停顿一下的话，哪怕只有一分钟，史努比都会跑过去用鼻子碰碰他们闲下来的那只手，要求他们摸摸它、抱抱它。

“它知道，”乔迪一边轻柔地抱着它一边说，“它知道有什么可怕的事情要发生了。”

旅行者援助组织的代表赶过来取他们拿不了的行李，好捐给当地的二手商店。他是个好人，当他看到史努比时，他非常同情这条狗狗，不过又不得不公事公办，所以显得左右为难。“对于一条狗来说，十七岁真的已经很老了。”他柔声说，“也许你们只好这样想，它活得已经够久了，并且活得很快乐。”没有人说话，他深深地吸了一口气，“如果你们愿意的话，你们可以把它留给我，我会在你们走后让它没有痛苦地死去。”

孩子们看着南希，但是什么话也没说；他们知道别无选择，并且他们也不想因为抗议而让母亲更加为难。南希低下了头。她想起以往每次散步、嬉耍喧闹、野餐，当她进屋亲吻孩子们跟他们道晚安时，史努比都要仰起头来让她也亲亲它。

“谢谢你，”她说，“谢谢你愿意帮助我们。但是不必了，真的不必了，”她坚定地重复道，“史努比是这个家庭的一部分，而家人是不会丢下彼此的。”她取来电话簿，在黄页中查找养狗场的电话，然后开始拨打。每个电话的一开始她都详细认真地解释了他们家庭目前所处的困境，“但是，”她请求说，“如果你能在我们想办法把小狗弄到韦恩堡之前帮忙照看一下它，我保证我们会付钱的。请相信我，拜托了。”

一个有寄宿设施的兽医最后终于答应接收它，于是那名旅行者援助组织的代表开车把他们带到了这个兽医的办公室。最后一个和史努比道别的人是南希，她蹲下来，捧起史努比那毛发斑白的鼻子：“你知道，要是有别的办法的话，我们是绝对不会把你留下来的，”她低声说道，“所以别放弃，可千万不要放弃啊！我们总会有办法让你回来的，我保证。”

一回到韦恩堡，托普一家就找到了一座活动房屋租住了下来，乔的一位兄长把他的旧汽车送给了他们，姑嫂妯娌们提供了锅碗瓢盆和床单被褥，孩子们又回到了他们过去的学校，南希和乔也找到了工作。这个家庭正一点一点地步入正轨。但是他们离圆满还有一段痛苦的距离：史努比还没回来！南希每天都要给不同的搬家公司和货运公司打电话，请求他们送史努比一程。乔迪和马修每天一进家门就会询问事情是否有新的进展，而南希不得不回答说没有。

三月份到了，他们已经回韦恩堡待了六个星期了，南希开始变得心灰意冷起来。她害怕从怀俄明州传来消息说史努比已经死在了那里，这样史努比就永远不知道他们为了接它回来做出了多大的努力。有一天，一位朋友建议她给动物保护协会打个电话。“这会有什么用呢？”南希说，“他们不是只管被遗弃的动物吗？”但是所有其他的方法她都已经试过了，于是她给韦恩堡动物管理部门的主任罗德·黑尔打了个电话，告诉了他这个故事。

“我不知道我该怎么帮忙，”等她讲完后，罗德·黑尔说道，“不过我跟你说，我肯定会去试试的。”一个星期后，他尝试了所有能想到的方法，但统统都失败了：史努比太虚弱了，不能放在飞机上没有供暖系统的行李舱里托运；另一家专业运输动物的公司开价

655 美金才肯把它送到东部；船运公司呢，又拒绝对它负责。罗德挂上最后一个电话，摇了摇头。“要是过去那个驿马快运还在就好了，”他对他的助理斯基普·柯克兰说道，“他们会把这条狗从一个司机手上交到另一个司机手上，直到把它送回家。”

“那可得是个小狗快运才成。”斯基普开玩笑说。

罗德考虑了一分钟。“我的天，答案可能就在这儿！”他找出一张地图和一张位于怀俄明州、内布拉斯加州、爱荷华州、伊利诺斯州和印第安纳州的动物收容站的列表，然后拿起电话。他能找到足够多的志愿者，然后组建起一支小狗快运，再把史努比一站一站地运过五个州吗？人们会为了让一条十七岁的狗跟自己的家人团聚，而往西开上一百英里把狗接过来，再往东开上一百英里把它交给下一位司机吗？人们觉得这样做值得吗？

一个星期之后，他得到了答案，于是在 3 月 11 日的那个星期天，他给托普一家打了个电话：“你好吗？”他问南希。

“如果你给我带来了什么消息的话，我会感觉好一点儿。”

“那你现在就可以开始感觉好一点儿了，”罗德兴高采烈地告诉她，“小狗快运明天开始，史努比要回家了！”

星期天早上，罗克斯普林斯的帕姆·麦克拉夫林医生认真地检查着史努比的状况。这条小狗前一天一直在打喷嚏。“听着，老姑娘，”兽医一边给它量体温一边训话，“你已经勇敢地坚持到了现在，在这么多人要大费周章地送你回家的时候，你可不能在这当口生病啊！”

吉姆·斯道瑞是罗克斯普林斯地区动物管理部门的官员，他志愿担任史努比的第一个司机。当他的车停到诊所门外的时候，帕姆·麦克拉夫林医生把史努比裹在一件毛线衫中，抱着它来到车旁。“它感冒了，吉姆，所以别冻着它。”兽医说，“药、用法说明，还有针对它的肾脏状况特配的食物都在那个购物袋里。”

“它要走好长一段路呢，”吉姆说道，“它能撑过去吗？”

“我也不敢确定呢。”医生说。她把这条小狗放到吉姆旁边的座位上，伸出手来，史努比把爪子放到了上面。“别客气，老姑娘，”兽医握着它的爪子说，“我很高兴能够照顾你。祝你好运，安全到家。再见。”

吉姆开了108英里，到达了怀俄明州的罗林斯。他们在那儿跟从118英里之外的卡斯珀市赶来的凯西·英格丽施会面。当凯西看到史努比的时候，笑了起来：“长得多么滑稽严肃的小东西啊，你还要靠这种方式旅行呢！”她取笑说，“想想吧，跨越五个州的私家车司机。”但是当天傍晚，当她给罗德·黑尔打电话汇报说史努比已经平安到达卡斯珀时，她已经把它称为“亲爱的老姑娘”了，并且承认说“如果它是我的，我也会不惜一切代价把它弄回来的”。

史努比在凯西的家里睡了一觉——此时它还不过是一只毫不起眼的棕白相间的年迈动物罢了，然而等它第二天醒来的时候，它已经变成了一位“名人”——一条患有重感冒的十七岁的狗正被载着穿行于美国中部地区，以便跟它的家人团聚，这一消息已经传到了新闻媒体耳中。早餐过后，史努比坐在卡斯珀市动物保护协会的一张桌子上，被相机和闪光灯搞昏了头但依旧保持着它一贯的礼貌，顺从地抬起头，好展示凯西作为礼物送给它的新项圈。那天晚上在韦恩堡，当他们看到他们的老姑娘透过电视机看向他们的时候，托普一家被欢笑和眼泪包围了。

把访问计划抛在身后，史努比从麦悌·贝恩的公司出发，开始向350英里之外的北普拉特市行进。这位卡斯珀市动物保护协会的官员自愿承担了运送史努比旅程中这段最长的单程。他们在阿莱恩斯停下来过了一夜。史努比在睡前散步的时候脚上扎进了一根刺。已经习惯依靠陌生人好意的它在麦悌给它拔刺的时候乖乖地一动不动，然后接着一瘸一拐，直到麦悌开始指责它这样做只是为了博取同情。然而它的喷嚏却是真的，麦悌早早地把它送上了床，给它盖了一块毛巾，免得它受凉。

第二天中午到达北普拉特市的时候，更多的记者和摄影师在等着他们。但是等到它的采访刚一结束，史努比就又踏上了一场139英里的旅程，奔赴格兰特岛。那一天它又被转手了两次，最后在天黑后到达了内布拉斯加州的林肯市。它累得直接倒在了自己所看到的第一张狗床上，丝毫不管狗床的主人在一旁咆哮。

早上起来时，它的喷嚏又加重了，并且不肯喝水。这一消息伴随着它的旅程传开了，等它下一程到达奥马哈市时，动物保护协会的兽医立刻给它做了检查，发现它的烧退了一点儿，但处于脱水状态。他们派了一个人去最近的商店里购买佳得乐，这让记者们欣喜若狂，他们从此在大标题中管它叫做“史努比，喝佳得乐的狗”。

内布拉斯加州的人们给了这条小狗一个新的柳条睡篮作礼物，还在记录它的旅程日志中写下：“很高兴成为帮助史努比与家人团聚的接力传送队的一员”，然后把它送到了爱荷华州。在得梅因市换了汽车和司机之后，史努比加快了速度，在夜幕降临时来到了锡达拉皮兹市。当天晚上它在派特·哈伯德家里过了一夜。派特十分关心它，还专门为它设了闹钟，一夜起来三次喂它喝佳得乐。等到早上的时候，史努比看起来强壮了一点儿，小狗快运继续行进。

跟许多旅行者一样，史努比的衣服变得越来越松松垮垮、皱皱巴巴，它的毛线衣抽线抽得太厉害，导致它几乎每走一步都会被绊一下。这一点并非没人留意到，等它到达文波特时，它已经穿上了一件新的毛线衣，还有一大堆玩具、食物和水碟，以及一个属于它自己的旅行包来装这些东西。日志中除了喂食和遛狗的记录之外，页边空白处开始写满了这样的评语："小狗棒极了！""多可爱啊！""坚持要坐在前座上，如果是大腿上就更好了。""喜欢开着电台。""真不想把它送走！绝佳的伴侣！"

在它的第五个、也是最后一个旅程的黄昏，史努比来到了芝加哥市，这是它的倒数第二站。不知道是因为快要到家了还是因为感冒已经好了，它看起来明显好多了。事实上，给它做检查的那名兽医告诉记者们："对于一位整周都在路上并且跨越了1300多英里的'老太太'来说，它的状态相当棒。它明天一定会安然无恙地到家的。"在看了韦恩堡电视台关于史努比旅途的晚间最新消息之后，托普全家欢呼雀跃。

第二天是3月17日，星期六。为了庆祝圣帕特里克节，小狗穿上了一件崭新的绿衣服，衣领上还别了一枚绿色圆顶礼帽。芝加哥的报社对它进行了最后一次访问，接下来，在斯基普·柯克兰从韦恩堡赶来载它走完回家的最后160英里之前，史努比除了睡觉就没有别的事情好做了。

早在史努比和斯基普预计到达韦恩堡之前的几个小时里，托普一家就已经激动地守候在动物保护协会了。乔迪和马修做了一面房间大小的横幅，上面写着“欢迎回家，史努比！乘坐小狗快运从怀俄明州的罗克斯普林斯到印第安纳州的韦恩堡”，底部画出了它所走的路线，角落里签了名。等着报道史努比故事的美满大结局的韦恩堡电视台和报社的记者们采访了托普一家和这一收容机构的员工，特别是罗德·黑尔，就是他想出了小狗快运这个点子。一名采访者问他志愿者们为什么要这么做，来自十所动物保护协会和收容机构的十三个员工为什么会为了一只小狗如此大费周章？

罗德告诉了他一名志愿者在电话里对他所说的话：“如果你给南希·托普说自己无能为力的话，事情会变得容易得多。但是你没有，你给了我们所有人一个展现爱心和关怀的机会。谢谢你。”

在一片忙乱之中，罗德找了个机会把南希拉到一边，告诉她说等史努比到家的时候，它的食宿账单上会标着“已付讫”的字样。卡斯珀市动物保护协会中一名不愿意透露姓名的朋友已经解决了这一问题。

“我想我当时是哭惨了，”南希眼含热泪地说，“也许我们的小狗和我们所经历的这一切都是值得的，因为我们从中发现了人有多善良。”

民用波段无线电开始嘎嘎作响，斯基普的声音充满了挤满人的接待室：“来了！小狗快运来了！”

南希和乔还有孩子们冲到了室外零下的寒风中，记者们紧随其后。小卡车出现在了拐角处，灯光闪烁，汽笛轰鸣。“史努比在这儿！”孩子们喊道，“史努比回家了！”

小狗就在那儿，穿着它的圣帕特里克节服装坐在前座上，用力地望着窗外的这一片骚乱。在跟家人分离了两个月之后，在经历了一周的旅途之后，在陌生人的陪伴下跨越了五个州、1500 多英里路途之后，史努比的流浪之旅终于画上了句号。

南希第一个冲到了卡车旁。在她还没来得及打开车门的那一瞬间，史努比就认出了她。它狂叫着冲到了南希的怀中。然后是乔，再然后是孩子们。伴随着笑声和泪水，他们拥抱了史努比和彼此。这个家庭终于团聚了。

【驿马快运】一种用小马进行快递的邮政制度。

【佳得乐】运动饮料品牌。

【圣帕特里克节】每年的 3 月 17 日是圣帕特里克节。这一节日起源于爱尔兰，为了纪念爱尔兰守护神圣帕特里克，1737 年后流行于美国。该节日以绿色的三叶草为象征。

乖乖牧羊犬

The good shepherd

拉娜·克劳福德木然地坐在厨房的餐桌旁。她在俄勒冈州克拉马斯福尔斯的人生，原本是那么幸福，现在却已经毁了。她的婚姻已经走到了尽头，而且她喜欢的那栋黄房子前院也挂上了“此房出售”的牌子。

拉娜伸手抚摸着她脚边的德国牧羊犬，眼中泛起泪花。在她只活了十几岁的儿子杰里米人生最后的日子里，这只特殊的动物是他最亲爱的朋友和伙伴。“哦，格里兹里，”她静静地悲叹道，“你和我该怎么办呢？我们的生活要怎样继续下去呢？”

两年前，当时在橄榄球队中担任跑锋同时还是空手道练习者的杰里米在一场橄榄球赛中被擒抱摔倒之后再也站不起来了。骨盆X光片显示他患了骨癌，这个一度肌肉发达、皮肤黝黑的少年在挣扎求生的过程中逐渐变得脸色苍白、双颊凹陷。

拉娜放弃了自己音乐教师的工作来照顾他，而他的姐姐苏珊娜则经常从她在西雅图的家中赶来尽可能多地和他待在一起。她们努力让他保持心情愉悦乐观，杰里米也勇敢地与疼痛和疲惫作着斗争。因为知道他一直很喜欢德国牧羊犬，为了让他开心，有一天不用化疗的时候，拉娜向杰里米提议说一起到一家专营这一品种的狗场去看看。当他们在阳光下跟狗场主人艾拉·布朗一起坐在狗场外面的一条长凳上时，一窝小狗崽在他们脚边翻滚玩耍着。

一只小狗来到杰里米身边，杰里米把它抱起来，放到怀中。“它太漂亮了，”杰里米说，“但它为什么在呜咽，艾拉？它不喜欢我吗？”

“那是它说话的方式。”艾拉·布朗解释说，“每隔一段时间，一窝狗崽里就会出现一只特殊的爱说话的狗狗。这只特殊的狗狗应该得到一个能够理解它、珍惜它的特殊的人。我觉得你可能就是那个人呢，杰里米。你要不要把它带回家，看看你们两个是不是合得来呢？”

杰里米给这只小狗取名叫格里兹里。艾拉说对了，男孩和狗很快就变得形影不离。杰里米听得懂格里兹里嗓子里发出的所有细小的声音，而格里兹里也能领会杰里米的声音、表情和动作中的多重含义。在杰里米感觉好一些的日子里，他们会一起坐着杰里米的小卡车去远处兜风，或者杰里米会把足球打着转地扔到远方，格里兹里则迅速上前跳起拦住它。在他觉得不太舒服的时候，杰里米会躺在床上打盹，而格里兹里则会静静地躺在他身边，紧紧地靠着他。

格里兹里觉察得出杰里米到底是因为疼痛还是因为气馁才卧床不起。如果是因为气馁的话，格里兹里就会用鼻子顶顶杰里米的手掌，喉咙里发出低低的吠叫声，直到杰里米开始跟它说话，向它坦承自己的恐惧，说害怕自己永远好不了了。在杰里米病情恶化的时候，拉娜晚上会在他床边的地板上打地铺。格里兹里会挤进去，陪他们一起度过这漫漫长夜。有一次当杰里米醒来的时候，他对他妈妈说：“如果我没能熬过去，我希望由你来照顾格里兹里。也许你们两个能有什么办法来帮助其他孩子。”

在杰里米去世之后的那些天里，拉娜一直卧床不起，无法面对失去儿子之后的人生。一天下午，她听到格里兹里用鼻子顶开了她衣橱的门。过了一会儿，它把她的一只跑鞋放到了她的枕头上，又去拿来了另外一只，然后充满鼓励地低声吠叫着。这条狗用嘴巴咬住她的衣袖，温柔地拖拉着。“我做不到，格里兹里。”拉娜告诉它。但是格里兹里每一天都会再试一次，直到有一天，拉娜顺从了它的意思，他们在街区里面走了走。此后的每一天它都会带着她多走一段距离，拉娜又开始变得有力量起来了。

秋天的时候他们经过了一个公园，公园里有一群男孩子在踢足球，其中有一个男孩长得高高的，有着金色的头发，就像杰里米一样。拉娜想起了她对儿子的承诺。三十八岁的她决定搬到犹他州，在当地的大学报读心理学课程。作为学业调查的一部分，拉娜提议带格里兹里到犹他大学健康科学中心探望儿科的病患们。

当一位护士带他们来到一名患有囊胞性纤维症的男孩的病房时，她非常紧张。那个男孩正因为被技术人员抽了血，又被固定要打点滴而大哭不已。护士问这名男孩想不想见一下格里兹里，他睁

大了眼睛 :“一条狗！到这儿来，格里兹里。”男孩跟格里兹里说着话，完全忘记了一边的针头，而格里兹里则用它轻柔低沉的叫声回应着。“它在回答我！我能带它去散个步吗？”他们带着静脉输液架和其他东西一起下了楼。

很快拉娜和格里兹里就开始每周都到医院里去了，而格里兹里则好像完全知道该如何回应每一个小病患——嬉闹玩耍着，把头枕到某个人的大腿上，让人拉拉它的耳朵，或用鼻子蹭蹭孩子的耳朵让他发笑，低声吠叫着，或者发出小小的、挑逗式的叫声。拉娜无法解释它为什么会有这一天赋，她只能说，格里兹里在经过了和杰里米在一起的那段日子之后，似乎把自己人生的意义认定成了回应痛苦、恐惧以及需要。

有一天，他们探访了肿瘤科的一名小患者。这个极度沮丧的男孩子失去了视力以及对肌肉的控制力，他长得几乎跟杰里米一模一样。拉娜告诉自己，如果她能够挺过这一次的话，那她就能面对任何事情。“这位是格里兹里，乖乖牧羊犬。”拉娜说。她看得出来格里兹里跟她一样震惊，但是当这名男孩要求格里兹里到床上去陪在他身旁的时候，它只犹豫了一小会儿就爬到了护士铺开的医用吸水被单上，穿过各种管子躺到了男孩身边。它一动不动地待在那里，直到这名男孩睡着为止。

拉娜接到了不同儿童机构的邀请，让她带着格里兹里过去，这让她意识到对动物辅助治疗的需求远远不是她和格里兹里两个独自能够应付得来的。她组建了一个非营利性组织，叫做“乖乖牧羊犬联盟”。这一联盟训练训导员和他们的动物在诊疗环境下进行工作，并且很快成为了世界性组织德尔塔协会的附属机构，这是一个提供动物辅助治疗的志愿者非营利性协会。

在一个为有情绪问题的孩子们开办的儿童中心里，拉娜和格里兹里遇到了黛咪。这是一个十一岁大的孩子，举止粗鲁，曾经先后住过十四个领养家庭和儿童中心，情绪起伏极度剧烈，并且会跟其他孩子打斗。她一个字也不肯跟拉娜说，并且完全不理会格里兹里。直到将近半小时的时候，格里兹里站了起来，走到门廊里，开始了它一贯的低沉吠叫式的轻声说话。

“它在干吗？”黛咪质问道。

“也许它要你走到门廊里。”拉娜回答道。

黛咪不屑地甩了下头，抓起一个娃娃开始拧它的腿，直到把娃娃的两条腿都拧下来为止。但是格里兹里还在继续说着话。好奇心战胜了一切，她挤出了门。拉娜站起身来，如果万一黛咪意图伤害格里兹里的话她好加以阻止。但是格里兹里轻柔的低吠声继续着，很快拉娜听到黛咪的声音变得柔和起来，她对着格里兹里低语着："我很害怕。我很孤独。没人想要我。没人喜欢我。"

两年来拉娜和格里兹里每隔一周就去探望一次这个痛苦的女孩子。当黛咪态度蛮横的时候，格里兹里会不失尊严地淡然离去；当她悲伤的时候，它会躺在她身边，发出理解的低吠声。黛咪不肯，或是无法告诉她的心理医师自己到底有什么困扰，但是她是如此的相信格里兹里，于是心理医师会偷听她说话，从而可以帮助她。

黛咪依旧会乱发脾气，但从来不会冲着格里兹里。"它的爱似乎让她平静了下来，"她的心理医师告诉拉娜，"她第一次找到了一种可以信任的生物，并且整体上而言，她的行为正在逐渐改善。"

儿童中心的某个人有一次碰巧说到格里兹里的眼睛看起来似乎有点儿不对劲，于是拉娜带它去兽医那里做检查。由此她才知道格里兹里已经失明很久了，医生说这很可能是因为头部被撞击所造成的。拉娜的思绪跳回到了杰里米去世的那天夜里，那天晚上格里兹里跑出了屋子，径直撞到了一辆过路车的侧边。她意识到，从那以后，格里兹里一定是用心，而不是眼睛，在看着这个世界。

最近，拉娜和格里兹里作为荣誉嘉宾参加了这家儿童中心为表彰志愿者们而举办的一场晚宴。在孩子们组成的合唱团表演之后，黛咪走到了前面。曾经邋里邋遢、头发也不洗、指甲也不修的她现在打扮得干干净净，站姿也不再无精打采了。她骄傲地挺立着，感谢着拉娜和格里兹里为她和其他人所做的一切，感谢他们两个一起给孩子们的生命所带来的变化。

当轮到拉娜发言时，她说："曾经有一个特殊的男孩，他叫杰里米。他有一条特殊的狗狗，叫做格里兹里。杰里米离开了我们，但在离开之前，他要求格里兹里和我努力想办法来帮助其他的孩子。如果他知道我们成功了，他的乖乖牧羊犬也成了你们的乖乖牧羊犬的话，杰里米一定会感到非常高兴的。"

康妮和狗

Connie and the dog

当康妮·凯莉还是个孩子的时候，在这个世界上她最想要的东西莫过于狗了。但是她的爸爸妈妈却听都不要听。“在城市里养狗？不可能！”妈妈斩钉截铁地说。“没得商量！”爸爸肯定道。然而，他们都是慈爱的父母，因此康妮并没有放弃希望。她不断地提起这个话题，有一天，爸爸笑眯眯地提前回了家，宣布他带来了一个惊喜。康妮大声地欢呼起来。

“一条小狗！”她大喊着，冲出门厅寻找它的踪迹。“它在哪儿？它是我一个人的吗？我可以给它起名字吗？”

“回来，”爸爸下令说，“告诉过你很多次了，不能养狗。”

“但是你说你带来了一个惊喜。”

“是的。你有了个小弟弟。”

“哦。”

这个字里所包含的满腔失望成了这个家流传至今的笑话，到现在康妮在给弟弟写生日贺卡时还会提醒他说自己更想要一条狗。

等到康妮长大成人，可以自己拿主意时她为什么没有养一条狗呢？好吧，首先呢她得上大学，接着是研究生院，再接下来她到国外教了好几年的书。终于，她住到了一座乡村小屋里，她请求她的朋友帕特跟她一起去当地的美国防止虐待动物协会那儿去挑一条狗。

康妮被一条有着纤细四肢、紧张地颤抖着的老年杏色贵宾犬给吸引住了，但是她听从了养狗多年的帕特的意见，帕特认为那条有着三只白色小蹄子，尾巴上还有一个白点的小黑狗更加好一点儿。“看它的头，”帕特催促说，“形状多好看。它还有着边境牧羊犬的颜色。它会很聪明的。”所以这只黑白相间的小狗就这么被收养了，它被取名为查理。

康妮从图书馆借了一本关于训练狗的书。过了一阵子，她又多借了两本书，因为第一本书中教导的方法在查理身上并没有什么成效。在它能够集中注意力的那短短的一小段时间里，它是一条精力旺盛、性情温顺、乐于配合的小狗；过了这段时间之后，它就开始在她够不着的地方跳着舞，欢快地用歌声挑战着康妮的权威。当帕特亲眼见证了这种嘈杂的方丹戈舞时，她在大笑之后提议由她来接手，因为她知道该怎么训练狗。

不知怎么的，帕特那耐心的指示被查理当成了玩耍的邀请，她跟康妮一样也没办法让它表现得好一点儿。看起来她不仅错误地判断了它的智力水平，还完全忽视了它身上任性的征兆。绝望之下，康妮雇了一名训练师到家里来。

训练师是一名有着铁灰色头发、身材壮硕的夫人，她来的时候还有三条博美犬排成一队跟在她的脚边。只要她一句话，三条狗就会齐刷刷地径直跃向空中，翻一个180度的跟头，然后再面朝相反方向保持立定姿势落地。很显然，查理就要遇到对手了。

它也是这么想的。“注意！”训练师厉声说道，“跟着！”查理乖乖地跟在她的左边，尾随着她前进。跑上，跑下，出去，回来，它在每一个转角敏捷地转着弯。“查理明白，”这位夫人宣布说，“现在你来。”她把皮绳交给了康妮。“不对！不对！不对！”经历了二十分钟的大声责备之后，康妮浑身湿透，满心羞愧，把皮绳交给了帕特。现在轮到帕特来承受这份鄙视了。

“查理先生什么问题也没有。”当狗再一次听从了她的每一个命令——坐下、躺下、翻身和叫——之后，训练师宣布说。她收了75美金的费用，带着她的博美犬跨出大门，阴郁地喃喃自语道：“主人。总是主人的问题。”

等她前脚刚一离开，查理便立刻态度温和地表示它完全不会它之前为那名训练师表演的所有精彩动作中的任何一项。当它开始又跳又叫的时候，康妮看了看帕特。“小心别许错了愿，”她苦笑着引用说，“你的梦想可能会成为现实。我这一辈子都想养一条狗，而现在我简直避之不及。”

但是她和查理还是凑合了下去，直到有一天，她回到家的时候，她发现这条狗不仅把她的一只鞋当成了生牛皮骨，还把一本珍贵的家庭圣经的皮质封面给扯了下来。康妮大步走到电话跟前，拨打了防止虐待动物协会的电话，表明了她的意图，说她想要把一条从他们那儿领来的狗给送回去。“没问题，”接线员说道，“但是你得等到我们这儿有地方收容它为止。等我们一有地方我们就会给你打电话的。”

尽管康妮一再声称查理听懂了她这通电话的目的，但毫无疑问，这只是巧合再加上它马上就要满一岁了，它开始收敛自己那狂野的行事方式了。一夜之间，它开始专心听你说话了；散步的时候它表现得是那么好，以至于可以不系皮绳放它在田野上奔跑了，只要一吹口哨它就立刻回来；它只吃自己的食物；卫生习惯无比良好，仅仅出门大小便还不够，它还必须得与屋子隔开它认为足够得体的距离才成。最令人感动的是，它爱上了康妮。一开始她只是世界众生中的一个，而现在她却成了它的整个世界。只要有可能它根本不会让她离开自己的视线，并且现在它那滑稽的舞蹈不再是用来藐视她的了，而是用来表达当她回到它身边时的喜悦。

随着他们之间的感情逐渐加深，康妮常会想当防止虐待动物协会打来电话时她该说点儿什么。然而有一天她突然想明白了，电话是永远也不会来的，防止虐待动物协会了解狗和人，也懂得一点儿他们之间的爱，以及爱意的萌生方式。

“它是不是很美丽？”康妮对帕特说。查理已经逐渐发育完全，有着毛茸茸的大尾巴、丝滑的皮毛和漂亮的脑袋。“我是说，除了是一名很棒的伴侣之外，它看起来也挺好看的。”

“小心别许错了愿，”帕特取笑她说，“你的梦想可能会成为现实的。”

“是的，我知道我说过这话。”康妮沉默了一会儿，思索着，“问题的关键是，有时候得过好长一段时间，你才会意识到你其实已经得到了自己想要的东西。”

女人与狗的搜救队

Woman and dog to the rescue

那个女人的腰带上或钱包里总是有一个寻呼机，衣橱底部有打包好随时可以出发的双肩包和行李袋。只要一声令下，卡洛琳·赫巴德就会披上橘色外套，给她的德国牧羊犬艾里扣上一件橘色马甲，奔向世界上任何需要他们两个的角落。

十一月的某一天就来了这样一通电话。在不到四十八小时的时间里，这个有着金色头发、发型优雅、身材娇小的女人便把丈夫和孩子们远远地抛在了新泽西州伯纳兹维尔市的家中，自己在饱受地震摧残的亚美尼亚共和国的断壁残垣中匍匐前进，周围都是死尸的味道。

“我从来没见过这么严重的灾难，”赫巴德说，“城市中百分之八十到九十九的部分都被毁掉了。学校、工厂、公寓——一切都被夷为平地。列宁纳坎，我们当时所在的地方，成了一座死城。棺材堆积在城市的角落里，层叠在田野中。寒冷，刺骨的寒冷。这就是为什么我们只找到了为数不多的活口。”

“活口”是卡洛琳·赫巴德和其他美国国际开发署灾难应急队的成员们对他们和他们的搜救犬在重达几吨的废墟下发现的尚有呼吸的人的称呼。赫巴德讲述了一个在列宁纳坎找到这样一名活口的故事：“一位父亲乞求我们回到我们之前已经搜索过的一栋建筑物里。悲痛常常让人们的感官失常，但是他一口咬定自己听到了什么声音，于是最后我们跟他回去了。”

搜寻是一项团队工作，因此赫巴德已经记不得是自己还是另外哪一位训导员找出了一条进入废墟的道路，给艾里下令说“去找人”，然后紧追其后。在每一次任务中都会派一条搜寻犬在残砖断瓦中辗转挪动，搜寻如烟雾一般弥漫在倒塌建筑的大小裂缝中的气味，而它的训导员会紧紧地跟在它后面。当第一条狗发出警报，示意找到了一个活口时，第二条狗和它的训导员会跟进来，因为只有当两条狗都示意找到了人之后，团队中的搜寻分队才会通知救援分队。时间太宝贵了，绝对禁不起浪费，不能在一个地方猛挖最后却一无所获。

第二条狗确认那里有一名活口。救援分队开始用切割和提升工具进行作业，几个小时后，一个被埋了四天的十一岁女孩从成堆的破碎的混凝土下面被救了出来。这四天来陪伴她的只有她祖母以及兄弟姐妹们的尸体，她却奇迹般地活了下来，只是断了几根肋骨。

然而，赫巴德并不曾见证这幕父女重逢的景象，因为当这片找到活口的区域刚被标上橙色带子时，搜寻队就继续前进了。他们要趁还有希望找到幸存者的时候尽可能地多救几个人。搜救队员们一干就是很长时间，期间不眠不休，也不进食。甚至连狗也感受到了事情的紧迫性，因为怕它太累了倒下去，赫巴德不得不哄着艾里来吃点儿东西、休息一下。

在亚美尼亚共和国地震的这幅混乱景象之中，搜寻犬和训导员的毅力都受到了严峻的考验。赫巴德要确保艾里始终保持着最佳状态。它那厚厚的棕黄色与黑色相间的皮毛闪烁着健康的光泽；棕色的眼睛散发着好奇和智慧的光芒。哪怕对德国牧羊犬而言，艾里都算得上是只大狗了。这也许是因为它是从德国进口过来的，那里有着严格的抚养标准。但是抛开它令人生畏的体形和低沉的吼叫声之外，艾里在没有任务的时候是一个温驯又友善的家伙。它会用不同的愉快的咕噜声迎接访客，花样多得让人觉得它都可以开口说话了。

在跟赫巴德一起因搜救任务而出差时，艾里在机场里会吸引很多刚学会走路的小孩子。他们会抓它的尾巴，试着爬到它那宽阔的背上去，对此艾里不仅没有显露出厌烦，反而似乎非常享受。根据与航空公司之前达成的协议，它可以与赫巴德一起待在乘客舱内。因为像所有受过良好训练的搜寻犬一样，它们价值连城，不能冒着经受温度或者气压降低的危险被放到行李舱里。另外，如果它被装在板条箱里放到飞机跑道上等待装载的话，喷气式飞机引擎所喷射出的烟雾会让它那灵敏的鼻子在二十四小时内无法正常工作，而在搜救工作中，这段时间是绝对不能被浪费的。

当他们开始行动时，赫巴德那如芦苇般纤薄，只有 5 英尺 6 英寸高、105 磅重的身躯看起来根本撑不了那么久，然而她却挺了下来，在足以摧毁一个健壮男人的恶劣条件下不眠不休、夜以继日地工作着。赫巴德是一名英国外交官的女儿，在智利、委内瑞拉、阿根廷、瑞士、葡萄牙、土耳其和巴林岛长大，会说这几个国家的语言，这在开展国际救援工作时发挥了巨大的作用。

她的人生似乎是专门为救援工作而打造的。当她在青少年时期，她的父亲被安排到了华盛顿的英国大使馆，赫巴德那时的兴趣是探索维吉尼亚州群山里的洞穴。后来，当她从加利福尼亚的斯坦福大学毕业后，她的兴趣列表上又多了攀岩和野外露营这两项。因为她出色的绳索技术和用地图及指南针找路的能力，当徒步者在高山地区失踪或登山者发生意外时，赫巴德往往会被叫去参与搜救。

她嫁给了一个跟她一样热爱户外的物理学家，他们有四个孩子。当他们住在加利福尼亚的时候，她养了两只德国牧羊犬。有一只是在德国培育出来的，接受过搜寻、服从以及保护性工作的训练，名叫孜博。赫巴德觉得孜博的能力可能会有一些用处。在加入了一支也是由德国来的严厉教官训练出的执法人员队伍之后，她很快展现出了在驯狗方面的特殊天赋。当她丈夫因为工作关系带领家人搬到东部之后，赫巴德最先做的几件事情之一便是加入了美国搜救犬协会。

这一协会的成员们负责处理国内各种各样的事情，比如儿童走失、竹筏漂流者落水以及应警方要求追踪谋杀嫌疑人等。赫巴德和孜博所进行的第一次搜寻是在维吉尼亚州的一个小镇上，警方请求他们帮忙寻找一个走丢了好几天的老人。

他们进到了深山老林里，孜博饶有兴致地嗅着周围的空气，正在这时，他们接到了一条无线电报说因为强雷电预警，搜索需要被取消。第二天早上，尽管他们已经被指派到了其他地方，赫巴德却说自己对昨天的那个地方有种感觉。她和孜博又追着他们之前的足迹寻去，孜博闻到了什么味道，跑在她前面。没过几分钟，它就穿过树林跑回来，嘴里叼了一根树枝，尾巴疯狂地摇着。

赫巴德跟着它来到了一块空地，但是什么也没有看到。“这里？”她问孜博说，“在哪儿呢？”它丢开了树枝，用鼻子指向另一根树枝。赫巴德绕了过去，发现树桩是空的，那个老人躺在里面一个用树叶铺成的床上，被冻坏了，但还活着。

赫巴德用无线电发回信息要求派车过来。当他们在等待车辆时，她表扬了孜博，扔树枝让它去捡，作为对它出色表现的奖赏。所有的狗都被训练过当在树林里找到走丢的人时不能吠叫，因为害怕它们的突然出现会让本来就已经极度恐惧的人们感到更加不安。

正是因为这样，孜博才会带回一根树枝示意赫巴德任务已经完成，它可以获得自己的奖赏了——让她陪它玩会儿。

要训练狗进行搜索需要在它很小的时候进行。“小狗，”赫巴德说，“立刻就会对自己的主人产生依赖，所以当它的主人藏起来时，它的本能反应就是去找他。通过增加距离，小狗可以学会追踪，而通过不让它看到主人走的方向，它就会学会搜索。”赫巴德喜欢德国牧羊犬，但任何工作犬——猎犬或者牧羊犬——都可以被训练来进行搜救工作。在国际工作团队中有一只拉布拉多犬、一只大型雪纳瑞犬、一只金毛猎犬、一只罗特韦尔犬、一只杜宾犬、一只澳大利亚牧羊犬，还有两只纽芬兰犬。

“每一只狗都是与众不同的，”赫巴德说，“你必须对它进行密切观察，了解自己是对它过于严厉让它气馁了，还是给了它太多表扬让它变懒了。”赫巴德并不认可严厉的训练方式，她觉得女人会是更好的训导员，“也许我们养育孩子的经历赋予了我们更多的耐心和恒心。”她评述说，“让狗感到激励的是表扬、奖励和关爱。你每做出一盎司的纠正，就需要付出九盎司的爱。”她一边说一边伸手去抚摸艾里，而艾里则向前迈了一步，依偎着她。

一次基本的野外搜寻要求狗和训导员都要经受长达一年的训练。每个月他们会来到一个模拟的灾难现场两次，进行一整天的训练；每隔三个月就有一次长达一周的训练和评估。在简单的训练之后，狗会被带到购物中心，让它习惯噪音和人群。它得学会服从手势和口令，因为它会经常在极度嘈杂的环境中工作，周围的推土机、起重机和电动工具全都轰隆作响。

每只狗都会发明出自己的身体语言。当艾里闻到人的味道时，如果那个人还活着，它的耳朵会向前支起，尾巴兴奋地摇着，不断地挖着碎石。如果那个人快死了，它会发出呜呜的声音，缓慢地摇着尾巴。很显然，它是根据荷尔蒙的味道来作出预测的，比如身体散发出的肾上腺素的味道。如果找到的那个人已经死了，艾里的尾巴就会无精打采地垂下来。

艾里现在六岁，它会持续工作一直到十岁，到那个时候赫巴德会有另外一只已经训练好了的狗。尽管艾里在室外有一个狗屋和运动场地，这是它与另外两只德国牧羊犬合用的，其中一只是从搜索工作中退役下来的，然而，在恶劣的天气环境中，它会睡在屋子里。当赫巴德的孩子们放学回家之后，他们会跟它玩，而当狗和孩子们嬉耍打闹得累了之后，他们会在客厅的地板上躺开来，孩子们会用艾里当枕头来看电视。

然而，卡洛琳·赫巴德与艾里之间有着超越他人的紧密联系，因为他们曾经一起出生入死过——地震过后余震的威胁、倒塌的建筑中不断掉下的碎片，以及洪水过后的土崩。没有哪只狗会被单独送到紧急情境之中，赫巴德会紧紧地跟在艾里身后一起面对种种混乱。她会穿着容易辨认的橘色外套，戴着装有矿灯的安全帽，穿着靴子，戴着工作手套，经常还会戴上面罩以过滤粉尘。他们有时是在成堆的砖块和横梁中蜿蜒前进，有时是从一台起重机的铲斗中被放到堆积如山的破碎混凝土上。

“混凝土碎裂的时候会产生粉尘，”赫巴德说道，“在康乃迪克州的布里奇波特市，办公楼倒塌的时候正在下雨，粉尘变成了湿滑的泥浆，而我们就在那儿试着向上爬。那真让人胆战心惊。”除了机敏和毅力之外，搜寻幸存者还需要勇气，而这一点赫巴德并不曾提及。她只说了一句：“你不能有幽闭恐惧症，你还得有一个强大的胃。有时碎石中会伸出个断胳膊断腿的，有时你得从一具死尸上面爬过去。”

在宾夕法尼亚州约翰斯敦的一场洪灾中，当时怀有身孕的赫巴德被指派去搜寻一个被泥浆埋住的活动住房停车场。“你想象不出来那种死亡的味道，”她评论道，然后苦笑着补充说，“这让我对晨吐有了新的认识。”在那次怀孕后期和此后的几个月里，她没有参加任何任务。如果她的哪个孩子病了、要毕业了，或者有什么重要的家庭活动时，她也同样不会参加任务。家庭是排在首位的，但是她的丈夫和孩子们都为她的工作感到无比骄傲，给予了她巨大的支持。并且幸运的是，她家的阿姨跟他们住在一起，在她不在时可以保证家里一切照常运行。

赫巴德为什么要做搜寻和救援工作？“这需要付出很多，”她坦承，“它是一项令人心碎的工作，但同时它也令人兴奋，充满了戏剧性和强烈的参与感。你是一名经过高度训练的专业人员，做着一项很少人可以完成的工作。团队成员之间有着强烈的同志友爱——在严寒刺骨的俄罗斯，我们把一面美国国旗插到我们的帐篷前面，写了一个指示牌：‘欢迎来到列宁纳坎的希尔顿酒店’。”

赫巴德有着满满一抽屉的奖状，其中包括墨西哥政府颁发的一个嘉奖。她推进了红十字会在急救和心肺复苏术方面的培训，并且自己也获得了对紧急救援医护人员进行培训的资质。她最近进行的是在危机事件心理疏导方面的课程。“我们密切关注着我们的队员，看他们有没有出现因为面对太多死亡而承受过多压力的迹象。当人们不再进行交流，变得暴躁易怒，不再吃东西或者睡觉时，我们会立刻对其进行疏导，让他把情绪说出来，避免演化成更严重的问题。”

这项工作完全是自愿性质的：没有收入，每个人都得自己添置价值不菲的装备。团队成员必须配备一种价值几百块美金的特殊收音机、一个寻呼机、一个睡袋、一个便携式炉灶、靴子以及其他东西。最近爱宝公司开始帮助购置部分装备，为美国境内的飞行费用提供经济担保，同时赞助了一场全国性的培训研讨会。

最好的、经过高度训练的训导员和狗狗们会被当地的搜救机构推荐给美国国际开发署灾难应急队，这支队伍由赫巴德和维吉尼亚州的比尔·道特森共同指挥，受对外灾害援助办公室（OFDA）赞助。能够前去亚美尼亚的八名训导员中碰巧有六位是女人，她们中的大部分都有着自己的工作。这支团队中的成员会与他们的雇主事前做好协商，以便在需要他们提供服务时一经通知便可以迅速离开。

这支队伍中还包括受过特殊训练，可以把人从倒塌的建筑中救出来的工程师和消防员，以及擅长治疗精神创伤的医师。这支团队总共有三十名成员，除了地面交通和燃料之外基本可以自给自足。团队成员的食物是由美国政府供给的军用口粮，狗狗吃的则是由爱宝公司提供的一种高能量狗粮。

交通由美国国际开发署负责安排，他们会采用当下可行的最快方式，不管是军用飞机、商用飞机还是包机。“在萨尔瓦多的地震中，”赫巴德回忆道，“我们很快就进去了，大约只用了一个小时就找到了三十七个人。”

“问题的关键是，”她继续说道，声音里有一丝遗憾，“当我们赶到那里时，当地人已经把能够看到或者听到的受害者们都救了出来。我们找到的是那些不曾被发现的人，唉，这意味着我们找到的大部分都是尸体，而不是活口。”

这种通常情况下的微小概率让拯救在阿巴拉契亚山道上失踪的十二个孩子的经历显得尤为可贵。当赫巴德和艾里跟公园的管理服务人员一起出发寻找这一小队人时已经是半夜了，气温降了十度。绝对不能等到天亮，因为人们在寒冷条件下很快会死亡。“而且无论如何，”赫巴德说，“我更喜欢在夜里进行搜寻。气味会传播得更远，而人们也通常会在一个地方待着不动，所以更加容易找到他们。”

出发来到小路上之后，赫巴德在一条冻住的泥路上发现了一些脚印。这让她知道了孩子们走的方向。她指挥艾里进入追踪状态，把鼻子凑到地面上，而不是像在嗅闻模式中那样把鼻子扬在空中。几英里之后，这条小路跟一条马路相交了。一名管理人员说：“这下好了，现在我们只需要搞清楚他们是往这条马路的北面还是南面走就行了。”

“都不是，”赫巴德观察着艾里的表现说，“他们沿着小路继续走下去了。”果不其然，两英里之后，艾里开始激动地摇着尾巴。他们在小路的一个转弯处发现了抱在一起的孩子们。除了冻坏了和吓坏了之外，别的什么事情也没有。尽管当时是凌晨两点，艾里还是获得了玩树枝的奖励，同时还得到了赫巴德的一个拥抱。

在讲述这个故事的时候，赫巴德的脸上绽放出了光彩。与在列宁纳坎找到的冻僵的死尸和在纽约高速公路上斯科哈里溪桥事故中被冲到下游溺水而亡的人们的尸体相比，找到十二个活着的孩子会让人有成就感得多。但是不管发生的是怎样的灾难，这位女士和她的狗总是时刻准备着奔向世界上的任何角落，提供只有他们才能够给予的帮助。

【列宁纳坎】亚美尼亚共和国西北部城市。

爱的实验

An experiment in love

四只刚出生的小猫咪被遗弃在路边高高的草丛中，是狗发现了它们。当莉薇手捧着这几个小东西散步归来的时候，她的丈夫史蒂夫命令道："把这些老鼠丢出去。"纵使莉薇向他展示证明那是些小猫也丝毫没有动摇他的态度。"不能再养动物了。"他坚定地说。史蒂夫已经容忍莉薇养的一只狗和三只猫了，他可不习惯家里有满屋子的动物。

"我不会养它们的，"莉薇保证说，"等到它们大到足以生活自理就可以了。"史蒂夫满面狐疑。"我发誓。"莉薇向他保证道。她没想到自己将来会有多么懊恼这个承诺。

她撕碎了一条蓝色的旧毛毯，把它铺在一个柳条篮里，给这些小宝贝做了一个温暖的小窝。然后她去了附近的一家宠物店询问该怎么喂养它们。"这么小的猫咪是养不大的。"店主警告她说。但是莉薇决定买一套与玩偶配套的玩具奶瓶试一试。她热了点牛奶，在经过了几次失败的尝试之后，小猫们学会了使用它的诀窍，开始大口大口地喝着奶。

两小时后，它们醒了过来，轻轻地发出了一连串的叫声，要求继续喝奶。此后每隔两小时都是如此。那天晚上，莉薇起了四次床来热牛奶。早上她为自己打气，它们看起来更强壮了，也长大了一些。

但等到下午的时候,她的喜悦变成了悲观。小猫们吃得还不错,但是只进不出。它们的小肚子像鼓一样胀了起来。莉薇给她觉得有可能知道该怎么做的每个人都打了电话，但是没人能给出建议。在结束了最后一次无果的尝试之后，她悲哀地望向那些小猫。所以店主说得没错：她救不了它们。她抓起一只小猫，怜悯地揉着它那胀鼓鼓的肚子。突然之间,她的手被弄湿了。她又抓起另一只小猫,揉着它的肚子。同样的事情又发生了。母猫在喂过小猫之后会给它们好好地用力舔一舔吗？从此以后，莉薇也学会了这么做，小猫们茁壮成长起来。

史蒂夫会在办公室里讲述它们的进展。有一天晚上，他回家后说他的秘书愿意收养桃子。那是莉薇最喜欢的一只小猫，因为它的毛色既美丽又柔和。桃子很快要离开她了,尽管这并不是它的错,但莉薇还是发觉自己会有意无意地不太抱桃子了，喂奶的时候让它等着，而不是像以前那样第一个喂它。她暗自思忖，不知道不再受到特殊待遇是否会影响桃子的个性呢？接着这个想法又引发出了其他的思绪。如果她给予这些猫咪中的某一只更多的关爱会怎样呢？如果她更经常地抱着某一只，依偎着它，冲它说话呢？它长大之后会与自己的其他兄弟姐妹有何不同？她觉得这是一个有趣的实验。

她选择了这些小猫中最暗淡无光的一只作为自己的实验对象。这是一只小黑猫，史蒂夫管它叫做蝙蝠猫，因为它是那么的其貌不扬，毛色暗淡，长着一张扁扁的小猪脸，耳朵皱巴巴地耷拉着。作为这一窝中最瘦小的一个，蝙蝠猫被压在猫堆的底部，总是最后一个被抱起来，也是最后一个被喂的，它得到的关注总是最少的。

莉薇给这个小东西取了个新名字——波士顿，这是一部美国电影《波士顿·布莱基》的简称——每次抱它起来喂奶时她都不断地柔声重复着这个名字。如果它喝完一瓶之后还是觉得饿，那她就继续给它第二瓶、第三瓶，想要多少给多少，直到它心满意足地睡去为止。然后她把它塞进她的毛衣里，这样她在桌前工作的时候它就可以听着她的心跳睡觉了。等到它醒了之后，她用她那温暖的鼻息嗅嗅它的小身体，然后再跟它说会儿话，之后才把它放回篮子里跟它的兄弟姐妹们一起玩。

这只猫咪身上出现了立竿见影的成效。它那刚刚睁开的眼睛，曾和它的兄弟姐妹们一样混沌、茫然，现在变得机敏了，它还饶有兴趣地观察着莉薇的脸。很快它就懂得了自己的名字，莉薇一叫它，它就会以最快的速度摇摇晃晃地从那条蓝毯子的褶皱里朝她爬过来。当它和别的小猫一起睡觉时，它再也不消极地接受最底下的位置了；它会温柔却又坚决地从底下扭动着爬出来，把自己安置到顶端。这是不是因为波士顿受到了重视，也开始认识到自己的价值了？

它是这群小猫中第一个学会咕噜咕噜叫的，第一个又可爱又笨拙地尝试梳洗自己的，也是第一个冒险从柳条篮里爬出来的。当其他小猫翻滚打闹完筋疲力尽地入睡之后，它爬出篮子来寻找莉薇。找到她之后，它费劲地蹲坐在地上，伸出两只前爪恳求被抱起来。莉薇无法拒绝它的要求，温柔地抱起它的小身体，把它翻转过来，用鼻子摩擦着它肚皮上那星星形状的白色皮毛。过了一会儿，它的小爪子伸出来拍拍她的脸，它一边听她喃喃说着话，一边用它那明亮的眼睛搜寻着她的眼睛。

甚至连波士顿的外貌也发生了改变。它原本粗糙的毛发变得顺滑而有光泽。一开始只是头上有些光泽，随后这份光彩逐渐地向下蔓延到了它的全身，直到后来，小波士顿从鼻尖到尾巴尖都显得光彩照人。尽管一直不是很好看，但它却变得那么机灵、欢快，那么安心、热情，只要你看它一眼，就能给你带来喜悦。很显然，莉薇的爱的实验取得了巨大的成功，只是有一点：在给了波士顿这么多关爱之后，莉薇相应地也更加关心它了。

她心底暗暗希望史蒂夫也能被波士顿的魅力所俘获。然而，尽管史蒂夫承认给予波士顿的格外关爱产生了绝佳的效果，他的兴趣还是主要集中在它的学术价值上。不幸的是，波士顿并不总是那么机灵。如果史蒂夫把它抱起来的话，它会扭头朝莉薇望去。

随着它慢慢长大，波士顿变得越来越擅长回应，它观察着莉薇的每一个举动，直到学会它的含义为止。她想要开饭了吗？它往厨房走去。她想要出门了吗？它守在门口。有一天，它喉头里挤出一个音节，听起来像咕噜声又像猫叫。“好了，小波，”莉薇回答说，“我知道你在这儿。”从那以后，它迅速学会了随心所欲地发出这种声音。莉薇会对其作出解释，比如说“是啊，我想你确实该吃晚饭了”和“我也很高兴看到你，老大”，随后它又增加了更多的声音，用特殊的声音来表达“晚饭”“你好”和“你好吗”，直到后来，它拥有了三十多个“字”的词汇量。

莉薇每走进一个房间，它都会主动说“你好”。她每次说“你好吗，小波”，它都会回应。事实上，只要莉薇愿意跟它说话，它就会回应，这导致莉薇打电话都很困难。鉴于周围没有人，波士顿认为那些话都是对它说的，于是便起劲地回答着。这让莉薇常常无法给别人打电话。

晚餐过后，波士顿喜欢坐在莉薇的肩头，看着肥皂泡在她洗盘子的过程中碎裂。有一天，当它正在老地方坐着时，史蒂夫走了进来，听到他们两个在“聊天”。“等它走了之后，你会想念它的。”史蒂夫说道。

莉薇从水池旁转过身来，“哦，史蒂夫……”

史蒂夫平静地回望着她。莉薇从他的表情中看出，这是他们之间的一个考验。她要遵守自己对他的承诺，还是重视一只小黑猫多过他？史蒂夫好不容易才同意收养它们，莉薇意识到她不能损害自己努力经营得来的信任。“是的，”她尽量平静地说道，“我会想念它的。”

桃子和那只姜黄色的猫都去了新家，它们走后不久，史蒂夫回家说他办公室里有个人的猫刚刚去世，可能会愿意同时收养波士顿和军官，她当天晚上会来看看这两只小猫。门铃一响，莉薇便抓起家里的一只大猫，把它放在沙发垫之间，还给了它一点猫薄荷，好让它待在那里。那是一只漂亮的玳瑁色的波斯猫。那个女人认为这些小猫很可爱，但她的眼睛不断地向那只波斯猫瞟去。她走的时候说自己现在没办法决定要不要收养这些小猫，她想先看看能不能养一只纯种猫。

但当史蒂夫回到家说起教堂里有一场义卖，需要捐献小猫放到宠物摊位上去卖时，莉薇没有反对。很明显，这将是莉薇能跟波士顿待在一起最后的日子了。现在当她拥它在怀时，它伸爪触到的经常是她面颊上的眼泪。“哦，小皇帝，没了你该是多么空虚啊！”她会对它说。而它则会眯起眼睛，努力想搞清楚她为什么这么沮丧。

就在波士顿和军官要去市场的前一天，史蒂夫秘书的一位朋友说她想为自己六岁大的儿子养一只小猫，她们晚上会过来从波士顿和军官之中选一只。当那个长得活像一位小型足球运动员的小男孩从门外猛冲进来时,莉薇的心抽紧了。等他们玩起来的时候，像波士顿这样的小东西怎么能受得了这么粗鲁的手呢？那个小男孩朝小猫们走去，双手抱起他选中的小猫，宣布说 :“它叫格蓝迪，它是我的了。”他选了军官。

这样一来，波士顿就要独自去参加教堂义卖了。第二天中午，史蒂夫打电话来提醒莉薇要为它准备一个关于年龄、性别、饮食喜好的描述。“我已经打出来了。”莉薇说。史蒂夫担心她会故意写得让人不愿意接受波士顿，于是让她读给他听。那段话的最后是这样写的 :“波士顿在非同寻常的关爱下被人亲手喂养大，这让它格外聪明和敏感。它性格温和，行为端正，喜欢所有的游戏，喜欢坐车，有着丰富的词汇量，是个忠诚的伴侣。请给予它足够的爱，一如它将给予你的一样。”

史蒂夫沉默了一会儿。“你把它说得像是什么不同寻常的生物一样。”他说。

“它的确是。”莉薇说，然后挂了电话。

那天晚上当史蒂夫回家时，她正在厨房准备晚饭。波士顿跑到门口去迎接他，但是莉薇不能；她正在努力地抑制自己不要哭出来。史蒂夫过了很长时间才过来，等他过来的时候，他抱着波士顿，波士顿的脖子上扎着一个大大的红色缎带。史蒂夫没有说话，递过来一个信封，里面是一张圣诞卡片，上面写着："现在还只是十一月，但让我们给自己一份圣诞礼物吧。"

"如果你大度到愿意让它离开，"史蒂夫的眼睛里满是爱意和理解，"我就能大度到让它留下来。"

莉薇满眼都是幸福的泪水，她张开双手去拥抱史蒂夫，而扭动着想要接近她的波士顿则从史蒂夫的手上滑了下去。当这只小猫落到地板上的时候，它惨痛地尖叫起来。它的一条后腿折了。莉薇以为它是臀部错位了，于是猛地一拉它的腿。波士顿再一次尖叫起来，试着跑开，但是摔倒了。

它的腿骨折了，并且兽医带来了更坏的消息——波士顿患有先天性的钙质吸收不良症。有这种问题的小猫有时可以通过注射钙溶液来挽救，如果它们能够活到成年的话，这个毛病通常可以不治而愈。但并不能保证这种治疗一定会有效，而且注射的费用会逐渐上升。如果不治疗的话，他们愿意让它安乐死吗？

莉薇迅速回答道："注射的费用我来出。"

"说什么呢，"史蒂夫说道，"它是我们的猫。"他告诉兽医要尽最大的能力来挽救波士顿。

波士顿的性情令兽医大为惊叹。尽管小波士顿知道自己每天到办公室是去打针的，它还是欢快地迎接着医生，只在这份折磨结束之后才会爬到莉薇的怀中寻求安慰。它的腿很快就痊愈了，尽管走起路来屁股还是会滑稽地微微摇摆着。然而，最后一次注射结束后的第三周，它摔了一跤，很明显，另一条后腿摔折了。这一次兽医甚至都没有询问是否需要救它。十针之后，波士顿又跑得跟过去一样欢腾了。它尾部那僵硬的摇摆变得更加明显了，但那并不是残疾。小波士顿的钙质吸收不良让它成了一份非常昂贵的圣诞礼物，但是它挺过来了。

据说，当一个婴儿出生之后，他或她人生中最初的几年都是在寻找那几个最基本的答案：“这是一个美好善良的世界吗？我能相信这个世界上的人吗？我是被爱着的吗？”如果小猫对这些事情也怀有同样的好奇心，那给予波士顿的特殊关爱已经对所有这些问题作出了肯定的回答。

这一点在它最喜欢的活动上面得到了体现，那就是从屋后草坪上纵身一跃跳到树上，往上爬个十到十五英尺，然后它就会叫起来。莉薇会回答它，接着它又继续叫着，直到莉薇看到它紧贴在某根枝丫上的小小身体。“怎么了，小波？”她会说，“你下不来了吗？”它会承认自己的确下不来了。这种事第一次发生的时候，史蒂夫跑去找梯子，而莉薇则站在树下，伸开胳膊想要接住这只摇摇欲坠的小猫。它果真跌了下来，莉薇把它给接住了。但是它到底是跌了下来还是跳了下来，莉薇并不确定。下一次它被困住的时候，莉薇张开双手说："跳吧，小波。”它立刻跳了下来，抱着满怀的信任正好落到了她的怀中。此后次次都是如此。

在那年夏天天气刚暖起来的那一天，莉薇把她的皮艇放到他们周边的小河里向上游划去。波士顿忧心忡忡地在岸边跟着，呼唤着她，等到它来到灌木丛中的一块空旷地段时，它爬下了岸，来到一块石头上。它站在那里，前爪迈在水里，整个身体努力地前倾着，莉薇都担心它会不会掉到河里去。她把皮艇划到它旁边，把它抱起来放到自己腿上。它紧紧地贴着她坐着，眼睛睁得大大的，不时浑身战栗一下，而她则向上游划着，然后把皮艇掉转头来顺流而下。波士顿一动不动，一声也不吭。河水带着他们向岸边靠近着。在他们距离岸边还有六英尺的时候，波士顿突然冲了出去，在空中划出一道黑色的弧线，由船上落到了岸上，落地距离分毫不差。它对自己跳跃距离的估算非常精准。然后它转过身来，急切地呼叫着莉薇，直到她也安全回到陆地上为止。

另一次她在它的声音中听出忧虑是在某一天的一大早。那天早上她被从卧室门的缝隙中传来的它的叫声所惊醒。一开始她告诉它回去接着睡觉，早餐时间还没到，但是它叫得是如此的不依不饶，于是她起身来看看它到底怎么了。它并没有像以往最爱的那样蹿到房间跳到床上，而是转身急匆匆地跑下了半截楼梯，然后回过头来看着莉薇，再次叫了起来。它每走一步都要确认一下莉薇是否跟着它，最后把她领到了楼下的客厅里面。她一走进去就听到“呼”的一声，她养的那三只大猫迅速蹿到了沙发顶上。它们正追着一只晚上从烟囱里掉下来的八哥。莉薇大吼了一声，转移了那几只猫的注意力。那只鸟飞到了窗帘的顶端——最后终于从莉薇打开的某一扇窗里逃掉了。

尽管波士顿也用同样的方法挽救了另一只鸟的生命——它在花园里找到了她，引她解救了一只嘴巴被卡在树枝里的冠蓝鸦——这些例子可能会显得波士顿并不是个好猎手，但事实并非如此。它喜欢悄悄地接近苍蝇和黄蜂，并且本能地知道哪一个可以随意地重击，哪一个则必须快如闪电一般地小心行事。而那只波斯猫则教会了它享受捉老鼠的精彩。有一天，波斯猫在地窖里堵住了一只老鼠，并且允许波士顿参与到对它的围捕之中。接下来莉薇就看到波士顿剧烈地呕吐起来，呕吐物中出现了老鼠的遗骸。

看到了这一幕之后，在七月的一个傍晚，当她去后花园里采莴苣，发现波士顿蹲在一只兔子的遗骸旁边时，莉薇也就不以为意了。“我的老天爷啊，小波，”她说，“你是怎么抓到它的？”它望着她，眼睛由于吃得过饱而显得呆滞，肚子圆得像一只酒桶一样。她猜想这只兔子会跟那只老鼠一样很快被吐出来。但是它却被消化掉了，第二天早晨波士顿又恢复了原本的身形。

过了几天之后，它开始显得有些无精打采。莉薇摸了摸它的耳朵，它们凉凉的；又摸了摸它的鼻子，湿湿的。于是她判定说这只是些小毛病。但是第二天下午，当它没有在门口迎接莉薇，而她发现它缩成一团坐在某个角落时，她把它抱去了兽医诊所。在去那里的路上她想起了那只兔子。也许在波士顿发现它的时候它就已经死了，附近的一条铁路上刚喷了一种落叶剂……

兽医责备莉薇不该把猫的鼻子和耳朵当成它身体健康的指标。波士顿发烧高达 40 度，并且处于严重脱水状态。它需要吸收大量的食物和药物。莉薇在一家超市停了下来，买了兽医建议的肝脏、婴儿食品和牛奶，还买了一只点眼药器用来在它无法自主进食的情况下喂它。回到家以后，她把它抱在怀中。它叫了出来，身体僵直，脊椎弓了起来。事情就这么结束了，小波士顿死了。

莉薇简直无法相信。十一个月来她和波士顿一直是如此亲密，他们的交谈是那么顺畅。她怎么会不知道它病得如此严重？史蒂夫试图安慰她，但当他们把这个如今轻得像羽毛一样的小小的黑色身体埋在它过去最喜欢的那棵树下时，他自己也禁不住热泪盈眶。当最后一铲土落下，他们把桃金娘移植过来盖住它的坟墓时，史蒂夫低头看着波士顿所在的那个地方。终于，他开口说道：“你是对的，它的确是个非凡的小生物。”

几个月之后，等到失去波士顿的伤痛和缓了一些，莉薇回想起自己的实验，决定拜访一下其他几只现在已经长大了的小猫。桃子既甜蜜又温和，姜黄机敏而冷漠，军官则大部分时间都躲在家具下面。只有波士顿才具有那独特的聪慧和外向的性格。莉薇的实验证明了爱在培养欢快的性格方面具有无与伦比的力量。小波士顿也证明了，当你无限地给予关爱时，作为回馈，你也会得到一些极不寻常的东西。

【波士顿·布莱基】美国电影，1923 年出品。

可爱的伊丽莎白

简·巴特利特是在万圣节期间一家宠物商店的橱窗里看到这只小白兔的。其他的兔子都在放饲料的碗边争抢着位置，只有这只小白兔蹲坐在一旁，严肃地瞪着那些挤在玻璃上望向它的面孔。它的一只耳朵直直地竖在那里，和正常兔子的耳朵一样，但是另一只则耷拉在一只眼睛前方，让它看起来像一个饮酒过度的放荡老太太，把帽子都给撞歪了。

简实习的那家公司的经理考尔闻正好路过，他停下来跟简打招呼。当看到这只兔子时，他咯咯笑了起来。考尔闻先生是一位友善的、如同父亲一般慈爱的男士，当他们站在那里冲着这只长相滑稽的小动物微笑时，简开始不由自主地向他讲述起“小笨蛋”的故事来。那是她小时候养的一只可爱的小白兔，它会从父亲的早餐杯里喝咖啡，有一次还追着一块面包屑跳到了烤面包机上，胡须都被烤成了小小的黑色螺旋状，样子特别滑稽。当时简的声音里一定透露出了自己刚到纽约的思乡之情，在万圣节那天早上，她的门铃响了，一名快递员将一个盒子递给了她。

她把盒子放到地板上，开始读卡片。她养的公猫罗伯特总是对包裹非常好奇，它走过来闻了闻。突然之间，它匍匐了下来，尾巴抽动着，蓄势待扑。简小心地打开盒盖，那只耷拉着一只耳朵的兔子突然出现在眼前。猫发出猛烈的嘶嘶声，兔子费劲地盯着它，甩了甩头，耷拉着的耳朵重重地打在了鼻子上。它跳出盒子，直直地向着那只猫走去。猫后退了，而兔子则开心地继续向前逼近着。猫转了个身，逃跑了，兔子继续跟着。猫跳到了一张桌子上，兔子茫然四顾，搞不清楚它的新朋友怎么就不见了。

简把它抱了起来安慰它，兔子开始亲热地用鼻子蹭起她的胳膊来。“别想要讨好我，”简坚定地对它说，“都市里的公寓可不是兔子待的地方，明天你就得给我回到宠物店里去。”这只兔子是个小家伙，脆弱的骨头埋在皮肤下面，皮毛如雪一样洁白，像鸭绒一样柔软。简小心地向上拉起它那只耷拉着的耳朵，这时柔软得像天鹅绒一样的兔毛滑过了她的指缝。简突然间觉得这只小白兔太讨人喜欢了。“能不能……”简思量着。她换了只手准备去抚摸它，突然发现自己的毛衣袖子上被咬出了半个一元硬币大小的洞。“这就没办法了。”简说道。接着她匆匆地把兔子放了下来，“你把你自己的机会给毁掉了。”兔子悲哀地晃了晃头，跳开去找那只猫了。

第二天早上，当简到达她的办公室时，她精心组织了一段话，但是那名和善的经理看上去对自己的做法是那么满意，以至于那些话被完全赶出了她的脑海。“你给它起了什么名字？”他兴高采烈地问道。她说出了自己脑海中出现的第一个词：“伊丽莎白。”

“可爱的伊丽莎白？”他说，“太棒了！”

可爱的伊丽莎白，太对了！简其实很想告诉他，这位可爱的伊丽莎白在她最好的毛衣上享用了晚餐，而且整个晚上都在卫生间里捣鼓，把毛巾从架子上扯了下来，又把卫生纸弄散给自己做了一个窝。但她并没有这么说，而是开始描述这只兔子对猫咪罗伯特的狂热。很快，半个办公室的人都围了过来，一边听一边笑。这是第一次有人开始关注她，简开始觉得自己好像也没那么急着要把伊丽莎白送走了。

她在午餐时间里的确去了趟宠物商店，但那只是为了试探性地询问一下。他们坚决执行不予退换的规定，他们能做的只有卖给简一只涂得像乡间小屋一样的木笼，好把兔子放进去。

“你可别会错意，”那天晚上当她把伊丽莎白放进去的时候对它说，“这里只是在我给你找到一个家之前让你暂时住的。”

那天晚上，她睡得很沉。兔子撞开笼顶的声音并没有吵醒她，把她吵醒的是无花果树被撞翻的声音。原来可爱的伊丽莎白在把底部的美味叶子吃完后，又朝高处发起了进攻。第二天，简为小屋买了一副门闩，不过当天晚上就被伊丽莎白弄松了，伊丽莎白还把窗台上的秋海棠吃掉了。再接下来的那一天，简买了一把锁，没想到那天晚上伊丽莎白竟然在小屋上咬出了一个新的前门！

伊丽莎白之所以执意要逃脱，既不是因为饥饿也不是因为无聊，而是出于它对罗伯特的热情。简一把它放出来，它就蹦向罗伯特，倒在它的爪间。而罗伯特总会因为它的莽撞对它施以重击，但它的爱慕之情逐渐打动了罗伯特的心。有一天，当伊丽莎白靠着它躺下，一只小小的白爪子贴着它时，它假装自己在睡觉。没过多久，尽管有些不经意，但当它在给自己舔毛时也开始给伊丽莎白舔了，还会特别关照它那只耷拉着的耳朵，因为那只耳朵一直拖在地板上扫灰而特别脏。

所有这些都成了简在办公室的绝佳谈资，她发现交朋友其实也没有那么困难。当她描述罗伯特在发现伊丽莎白搞不懂猫追老鼠这类游戏后，发明了一项供它们两个玩的新游戏时，她甚至赢得了风趣的美名。

鉴于伊丽莎白像讨厌的跟屁虫小妹妹一样坚持不懈地跟着它，罗伯特可以轻易地把它引到简的小阳台上去，然后自己再猛冲回来，躲到一只垃圾桶后面。伊丽莎白会慢慢地蹦到门口，向四周小心地张望着。到处都看不到罗伯特的话，它会跳下那级台阶，而罗伯特这时则会从那里弹跳出来，它们两个滚过客厅的地毯，直到伊丽莎白靠它强壮的后腿挣脱开来。因为滚动而变得头昏眼花的它会挣扎着站起来，抖一抖身子，它那耷拉着的耳朵在脑袋边上转来转去，然后爬开来，开心地跟着那只猫再次跑到外面去。

这个游戏并不是伊丽莎白从罗伯特那里学到的全部。罗伯特还教会了它一些更加重要的东西，至少从简的角度看是这样的。阳台上有一些花箱，罗伯特对它们的兴趣要比对室内的猫砂盆的兴趣大得多。每次当罗伯特在土里扒拉的时候，伊丽莎白都会在一旁观察，它的脑袋高高昂起，耳朵轻柔地摇晃着。它的思维并不敏捷，但是有一天突然开了窍。当罗伯特爬出花箱的时候，它爬了进去。就这样，在朋友的帮助下，伊丽莎白养成了良好的卫生习惯。

随着这项麻烦事的解决，再加上所有的植物反正已经被咬得不成样子了，简也就不再把伊丽莎白关在它的小屋里了，开始让它自由行动。傍晚的时候，它会像罗伯特一样在门口迎接简，还会坐起来让她拍拍它的头。它明白了自己的名字叫什么;还懂得了“不”这个字被大声地说出来的同时伴有一根手指在它的鼻子下摇一摇代表什么意思；它知道什么时候开饭，还知道食物是用纸袋子送到这间公寓里面的。当简带着日用品回家，把袋子放到地板上的话，哪怕只有很短的时间，伊丽莎白那强健的牙齿也会在上面撕出一个洞来。除非它闻到了胡萝卜的味道，在那种情况下，它会把袋子拖到它那一边,然后钻进去。如果简先它一步拿到了胡萝卜，并且把它们收到冰箱底层的话，这只兔子就会等待时机直到简再次把门打开，它会用后腿站立，把胡萝卜重新拉出来。这样一来，简每次都要先确定伊丽莎白的脑袋不在里面才敢把冰箱门关上。

接下来，晚餐结束了，简把食物收到一边，然后坐在安乐椅上开始看书。这时，罗伯特就会拖着肥大的身躯走过来，嘴里还发出咕噜咕噜的声音，只见它用爪子揉捏着为自己在主人腿上弄出一块令人满意的地盘来。接下来伊丽莎白也会缓缓走来，然后蹲坐在地上，它的小爪子拘谨地缩在胸前，研究着周围形势，看看哪里有它的地方。伴随着飞一般的一跃，它会落在罗伯特上面，用后腿扒拉着把自己翻过来，直到成功地把自己塞进猫和简之间为止。很快，它鼻子的抽动速度就会慢下来，然后逐渐停止，它睡了过去。

在这种时候，简往往会禁不住用手抚摸着它柔软的皮毛，唤它为可爱的伊丽莎白，原谅了它所有的越轨行为——袜子被嚼成碎片、手提包包柄被咬坏、杂志被撕成纸屑等。但是有一天，伊丽莎白做得实在是太过分了：它把简最好的鞋子的鞋跟咬了下来。简真的决定要让它离开了。她找了一户可能会收养它的人家——一对带着三个小孩的年轻夫妇。有一天，她邀请了这对夫妇和另外两对夫妇一起来吃晚餐。为了让客人喜欢伊丽莎白，她决定事先给它洗个澡，打理一下。

伊丽莎白总是和罗伯特一起在地毯上滚来滚去，导致这只小白兔变成了小灰兔。简为了让它展现出最迷人的一面，决定先给它洗个澡。她把盆里盛满温水，把伊丽莎白放进去，没想到兔子立马跳了出来。简这一次紧紧地抓住了它的耳朵,猛地把它拉了回来。伊丽莎白猛踢着腿，无奈之下，简撒了手。第三次尝试的时候，简艰难地给它的后背涂满了肥皂，接下来给它洗肚子的时候，伊丽莎白死活不愿意，它那强有力的后腿总是乱踢乱动，简自我安慰说没有人会看这只兔子的下面的，于是她尽己所能地把它身上的肥皂水洗干净，然后试着用毛巾把它擦干。

在湿漉漉的状态下，兔子那光滑的皮毛纠结成了一团团的毛球，简用梳子给它梳理，可是伊丽莎白很不配合，它总是用舌头去舔自己的毛，于是，刚梳理好的毛总会被它舔乱，几个小时后，伊丽莎白的毛还是向各个方向支棱着，并且很明显，它肚子上那湿乎乎的一大片似乎永远也干不了。简担心伊丽莎白会染上肺炎，于是决定把打结打得最厉害的毛团给剪掉。她拿着剪刀小心翼翼地开始剪，让她惊恐的是，一个洞突然出现了！伊丽莎白的皮肤就像纸巾一样纤薄，剪刀直接穿透了它。简急匆匆地跑去拿红药水涂在它肚子的伤口上。在兔子那湿乎乎的皮毛上，红药水像滴在吸墨纸上的墨水一样扩散开来。现在这只兔子看起来真的很滑稽，杂乱的皮毛、湿漉漉的肚皮，而且灰色的脏肚皮上还染着红色。

它坐在门口，似乎是在迎接每一位到访者。简的每位客人在看到它的第一眼都会爆发出一阵大笑，这似乎让伊丽莎白非常受用。待客人都坐定后，它又在屋里跳来跳去，让大家给它挠耳朵。简呢，自然是小心谨慎地盯着它，看它是不是又盯上了盘里的哪道菜。但简的动作终究快不过伊丽莎白，它已经跳到了盘子中间。虽然这件事也只是引起了客人们更多的笑声，但简已经对伊丽莎白忍无可忍了，她不顾客人的反对把伊丽莎白赶到了它自己的小屋里。

晚餐过后，简屈服了，又把它放了出来。好像待在小屋的那段时间里，伊丽莎白一直在思考如何才能取悦大家一样，它蹦到客厅地板的正中间，严肃地凝望着大家的面孔，所有人的注意力都被它吸引了过来，屋子里变得很安静。这时，只见它猛地跳向空中，接着像托钵僧一样旋转起来，又猛地落下，四肢摊开，耳朵飘起。人们不断地欢呼着，伊丽莎白则羞涩地从耳朵后面窥视着大家，似乎接受了这个场面，看上去对自己的表现相当满意。

孩子们的爸爸非常喜欢它，那天傍晚，当他看到伊丽莎白中途走向阳台门口，抓着门挣扎着想要出去方便时，他简直迫不及待地想要把它带回家了。“它有良好的卫生习惯，”他提醒还拿不定主意的妻子说，“而且孩子们会很喜欢它的。”伊丽莎白回来以后爬到了他的大腿上,然后事情就这么定了。伊丽莎白要到它的新家去了。直到那天傍晚的最后一刻。“你往你自己身上洒了些什么？”那个男人的妻子问道。他的西装外套从领子到底扣都变成了白色，原来伊丽莎白一直啃到了内衬那里。

“你这个鬼家伙，”等到客人们离开以后简斥责它说，“我帮你找了一户好人家，而你却把它搞砸了。”伊丽莎白懊恼地甩了甩头，用它那软趴趴的耳朵拍打着自己，然后走开了。等到简清理好厨房，准备睡觉时，伊丽莎白却找不到了。简到处找，却始终不见它的影子。伊丽莎白到底去哪儿了呢？她有点抓狂地又在公寓里搜寻了一遍，甚至往阳台栏杆下看了看，心想伊丽莎白会不会在懊悔之下一时冲动跳下去了。等到实在没有别的地方可找了的时候，简打开了冰箱门：伊丽莎白正在底层隔板上享用胡萝卜条和芹菜宵夜呢！

从那以后的很长一段时间里都没发生过什么麻烦事，伊丽莎白、罗伯特和简逐渐开始和平友好地共处起来。当简看到伊丽莎白躺在罗伯特身边晒日光浴、蹲坐在那儿用它秀气的小爪子洗脸或者跳到她的膝盖上要求被爱抚时，她会不由自主地想自己当初怎么会想到要把它送走。直到有一天，她在家里进行大扫除，搬开沙发后，发现地毯已经被伊丽莎白咬得只剩一层衬布了。

“它要把我整个房子、整个家都给吃了，真的。”午餐时，简对一位朋友哀叹道，“我必须得把它送到防止虐待动物协会去了。”

“别这么做，我来收养它好了。”简的朋友回答说。这让简大吃一惊，因为她知道她的这位朋友并不赞成在屋里养宠物。“它可以住在我们的车库里。埃文已经十岁了，承担起照顾一个动物的责任对他有好处。”

简的纸老虎被戳破了。她真的能适应没有可爱的伊丽莎白的日子吗？她陷入了沉默。她的朋友说：“来吧，我们现在就去把它接过来。”

伊丽莎白在门口迎接了他们，像往常一样坐着等人给它挠耳朵。“哦，它真可爱。”那位朋友说，但是这话说得是那么敷衍，简知道她没看出伊丽莎白的可爱来。“没关系，”简冲着伊丽莎白那柔软的皮毛低声说，“会没事的，她会喜欢上你的，就像我一样，你在乡下会很快乐的。”伊丽莎白缓缓地摇了摇头。它眼中的那是谴责吗？离开之前，简亲了一次它那傻乎乎的耳朵。

那天晚上，罗伯特看起来很焦躁不安，它不断地跑到阳台上去。“哦，罗伯特，”简告诉它，“我很抱歉，它也是你的朋友，我没想到这一点。”简在拥抱它时，那种熟悉的空荡荡的感觉又袭了上来，还是那种在可爱的伊丽莎白到来之前的那种空荡荡的感觉，那时的简常会想象别人的电话在响，别人有朋友陪伴、有地方可去。这只小白兔给了简走出去的勇气，给她的人生带来了意想不到的改变。

一直到好几周以后，她才改掉了要留意一下才关冰箱门的习惯，不再期待有一张无辜的白色面孔在阳台门口窥探，不再留神倾听那双有力的后腿落地的声音。

在很长一段时间里，她甚至都不敢打听伊丽莎白的近况。有一天，在开车去波士顿的路上，她在冲动之下决定在康乃迪克州稍作停留去看看它。家里没有人，但车库的门是开着的。简花了一段时间才让眼睛适应这种黑暗，然后辨认出那团白白的东西正是伊丽莎白。那只小兔子缩在它的小屋的一角，冻得瑟瑟发抖。地面上的稻草都是湿漉漉的，敞开的门吹来刺骨的寒风。放食物和水的碗都是空的。简唤着它的名字，伊丽莎白爬到了她的怀中。简把它包在一件毛衣里，然后取消了去波士顿的旅程，掉头折返回家。

她第二天给那位大学里的朋友打了个电话，告诉她说自己太想念伊丽莎白了，所以把它给“绑架”了回来。“没有关系，”她的朋友说，“因为篮球赛季和其他一些事情，我儿子现在没有多少时间来照看这只兔子。”现在简只剩下一个电话要打了——取消新地毯的订单。接下来，她心情舒畅地坐下来看伊丽莎白和罗伯特一起在地板上翻滚。

【小笨蛋】原文“Dumb Bunny”直译为“哑巴兔子”，美国俚语中是“蠢货、可爱的傻瓜、笨蛋”的意思。

我爱你，帕特·迈尔斯

为了做检查，在医院待了四天的帕特·迈尔斯回家了。“嗨，凯西。我回来了。”她边开门边说道。她的非洲灰鹦鹉凯西跳到笼子的边上，兴奋得唧唧喳喳叫个不停。“嘿，你真的很高兴看到我，是不是？”帕特笑着说，而凯西则在它的栖木上蹦个不停。“跟我说说吧。”

鹦鹉直起身来，像一个急着要说话却找不到词的小男孩一样。它又蹦又跳，昂首阔步，两只犀利的眼睛轮换着盯住帕特。终于，它想到了一句让她高兴的话:“我们来洗碗吧？”它愉快地开口说道。

“真是句好欢迎词啊！”帕特大笑道。她打开笼子，让凯西跳到她手上,然后带着它来到客厅中。等她在一张安乐椅上坐下之后，凯西慢慢走到了她的胳膊上。帕特弯了一下胳膊，于是这只鸟把头靠在她的肩膀上停了下来。帕特深情地用指尖拂过它那灰色天鹅绒一般的羽毛和鲜红色的尾巴。“我爱你，”她说，“你能说‘我爱你，帕特·迈尔斯’吗？”

凯西斜着一只眼睛看着她，说：“我住在绿头鸭观景区。”

“我知道你住在哪儿，滑稽的鸟儿，告诉我你爱我。”

“滑稽的鸟儿。”

帕特是一个寡妇，两个孩子都已经结婚了，这么多年来她都是一个人住，平时她把精力都放在了一个服装连锁店的经营上面。

这本来是一段幸福而又成功的人生。直到有一天晚上，看电视的时候，她的眼睛毫无预兆地开始失焦。无数项检查过后，她被确诊患上了动脉炎。对她太阳穴中一条动脉炎症的治疗持续了一年多，这让她体重暴增，双腿水肿，呼吸困难，身体的不适让帕特不得不中止了她的生意。一连几个月，她都几乎无法离开公寓。公寓也让人觉得越来越安静，越来越空旷，令人压抑。帕特一直是一名外向、爱热闹的女人，她不愿意承认自己有多孤独，哪怕对象是自己的女儿。但是终于，她垮了下来，向女儿坦白说："安妮，我自己待在这里快要疯了。你怎么想？我是不是该打广告找个人来陪我？"

"这个风险太大了，"女儿说，"养个宠物怎么样？"

"我也这么想过，但我没力气去遛狗，对猫又过敏，鱼又不会说话。"

"鸟会说话，"女儿说，"干吗不养只鹦鹉呢？"

这提醒了帕特，她意识到也许这真是个好主意，于是她给一名鸟类学家打电话询问他的意见。金刚鹦鹉太大了，凤头鹦鹉和澳洲鹦鹉可能会引发帕特的过敏症，于是通通被排除，然后鸟类学家向她推荐了一种非洲灰鹦鹉，他说这种鹦鹉是所有鹦鹉中最会说话的一种。后来帕特和安妮拜访了一个饲养者，她们看到两只没有羽毛的小东西依偎在一起取暖。饲养者解释说蛋是在保温箱里孵化出来的，幼鸟一直和父母分开，这样的话，它们受到人类的影响就比较大，从而成为绝佳的宠物。“鸟儿跟你在一起待上一段时间之后，”饲养者向帕特保证说，“它就会把你当成自己的妈妈。”

“我可不确定自己是否愿意成为一个像被拔了毛的鸡的东西的妈妈。”帕特犹豫不决地说。但是安妮最终说服了她，为有着明亮眼睛的那只鸟儿交了定金，等到它三个月大，羽毛长全，能够吃固态食物了之后，她跟帕特一起把凯西接回了家。

没过几天，帕特就对安妮说：“我不知道自己原来说了那么多话。凯西什么词都会学。”

“我早就知道会这样，”女儿笑着说，“但是说话要注意一点儿。”

“谁，我？我可是个大家闺秀。”

凯西最先学会的一句话是“我的眼镜呢”，在这之后它又迅速学会了“我的钱包呢”。每次帕特开始在公寓里打转，搜寻桌面、翻箱倒柜、在枕头下面摸索找东西时，凯西就会开始喋喋不休地说：“我的眼镜呢？我的眼镜呢？”

“你多半知道它在哪儿喽，自作聪明的家伙。”

“我的钱包呢？”

“我在找我的眼镜。”

“自作聪明的家伙。”

等到帕特找到眼镜和钱包，到衣橱里去拿外套时，凯西又把话换成了“再见，等会儿见”。当她顶着明尼苏达州的严寒从超市回到家中时，她喊道：“嗨，凯西！”凯西从小房间里回应说：“我的老天，外面冷死了！”她开玩笑说：“你把我的词都给偷走啦！”

“有它在真是太有趣了，”帕特对安妮说，“它让整个家都感觉好多了。”

“你知道吗？”安妮说，“感觉上你也好多了。”

“我是好多了，他们说大笑对人有好处，而凯西能让我一天大笑上四五次。”

就像有一天，一个水管工来修厨房水槽下面的一道裂缝时，凯西正待在小房间的笼子里吃着种子，它不时地通过敞开的门瞟一眼水管工。突然，这只鹦鹉打破了沉默，开始背诵：“一只土豆，两只土豆，三只土豆，四只……”

“什么？”水管工在水槽下面问道。

凯西把帕特的语调学得惟妙惟肖。“不要在地毯上大便！”它命令道。

水管工从水槽下面钻出来，大步走入客厅。“如果你想玩游戏的话，夫人，你可以换个水管工。”帕特茫然地看着他。水管工犹豫了。“那些话是你说的，不是吗？”

帕特笑了，“什么话？”

“一只土豆，两只土豆……”

“啊，好吧，这也没什么。”

“还有‘不要在地毯上大便’。”

“哦，亲爱的，这就不好了。”帕特站起身来，“让我向你介绍一下凯西。”

凯西看到他们进来了。“是你做的吗？”它用帕特的声音说道，“这里发生了什么？”

水管工看了看鸟儿，再看看帕特，然后又看看鸟儿，再看看帕特。“你真的不是会腹语吧？我以为鹦鹉只会大叫然后说‘鹦哥想要吃块饼干’呢！”

“这只鹦鹉可不是这样。”

就在这个时候，帕特打了个喷嚏。凯西立刻模仿出了这个喷嚏的声音，还加了几声帕特在过敏最严重时咳嗽的声音，最后还像她通常那样加了一句“哇哦”，然后甩出了它最喜欢的、在裂缝刚刚出现时学会的新句子：“真是一团糟！”水管工缓缓地摇了摇头，无话可说，又重新回到水槽下面去了。

凯西太擅长模仿帕特了，以至于当帕特往她女儿家里打电话时，如果接电话的是她的外孙或者外孙女，凯西会用跟她一模一样的声音说："嗨，一切都好吗？" 久而久之，如果接起电话的人是安妮的话，她会说："嗨，凯西，让妈妈接电话。"其实说话的正是帕特本人。

她的三个外孙和外孙女都非常喜欢凯西。他们会随意地打嗝，然后教凯西来模仿这个声音，因为他们觉得这非常好玩。鸟儿会大声打嗝，然后接下来立刻用异常厌恶的声音说上一句"这太粗鲁了"，要不然它就会用帕特的声音质问说："是你干的吗？"

当帕特因为肺炎发作再次住院时，凯西在安妮家住了一阵子，等到回家时，它大喊道："乔伊，你起来了吗？乔伊！"帕特打趣地对她的小外孙说："嗯，我想我知道每天早上你家里都是什么样子了。"

在她自己的家中，每当帕特早上起床的时候，她都会听到凯西在小房间的笼子里自言自语。她经常会踮起脚尖轻轻地走到浴室，但是凯西的听觉很敏锐，不管她多么轻手轻脚，这种自言自语的声音都会停下来，它会沉默一阵子，侧耳聆听，然后大声喊："报纸到了吗？"

帕特通常会拿着报纸和咖啡到床上去。有一天早上电话铃响了，她拿起床边的分机，但只听到一阵拨号音。第二天早上电话再次响起，这次她及时地拿起了听筒，不过还是只听到了一阵拨号音。

第三天早上她意识到这是怎么回事了：凯西学会了毫无破绽地模仿电话铃声。

凯西吃水果、蔬菜、鸡肉、蛋黄、意大利面、全麦面包，还有鹦鹉粮。有一天，递给凯西甜瓜的时候，帕特不小心让它从手中滑了下去，摔在了地上。“该死。”她说。凯西盯着她。“忘记你听到的话，”她迅速命令道，“我什么都没说。我从来不会这么说。如果不是我刚拖了地板我也不会那么说的。”凯西闭着嘴巴，于是帕特释然了。

那天晚些时候，一名房产中介过来跟她处理一些商业文件。当她们讨论得正热烈的时候，凯西突然在小房间里大喊道：“该死！”

两个女人都假装她们什么都没有听见。

凯西喜欢这种咝咝的发音，于是又尝试了一次。“该死！”它喊道，“该死！该死！该死！该死！”

帕特又尴尬又好笑，把手放到她客人的胳膊上。“海伦，谢谢你假装没听到，但是我知道，你是不可能一下子就变聋了的。”她们开始咯咯地笑起来，而凯西则从小房间里命令道：“不要在地毯上大便！”

“哦，你这只坏鸟，”等中介走后帕特责备它说，“她会觉得我在家整天都在说这些难听的话。”

“真是一团糟。”凯西说。

“你说得真是太对了，”帕特跟它说，伸手到它笼子里拿挂在那里的杯子。

“你的水怎么样？”

“哦，亲爱的，现在别再说那个了。你要把我的名声都给毁了。”

有时帕特在厨房忙活的时候，会把凯西放出笼子，它就在台面上巡视，找机会叼一片莴苣叶或者蔬菜皮，再悄悄贴近台面边缘把它的战利品丢到地板上，然后朝她瞥一眼说：“是你干的吗？”

在厨房里，它最喜欢停在水槽中的水龙头上，它最喜欢的消遣是努力把水龙头底部的垫圈给挪开。有一次，为了逗弄它，帕特掬了一捧水淋在它脑袋上方。凯西停止了对垫圈的攻击，转过头来看着她：“你发什么神经？”它尖声质问道。

如果它从厨房里消失了，而帕特听到它说“哦，你这只坏鸟！你想回到笼子里去吗”，她就知道自己要快点跑过去，因为凯西肯定是在啄她餐厅中的藤椅背或者门厅里的墙纸。绝望之下，她在门厅的角落上装了透明塑料条，不过凯西还是能找到新的地方来展开攻势。

“这样值得吗？”她的儿子来看她时问道，“前厅看起来简直像被炸弹袭击过一样。”

“听着，”帕特说，“如果给我两个选择，一座房子完美然而孤单，另一座破旧但幸福，我肯定不管何时都会选择那座破旧的。说实在的，我非常害怕失去凯西，我一直在教它说电话号码，免得哪天我不小心忘了关门或者关窗。”

在些许提示下，凯西重复了电话号码。帕特的儿子认真地听着，然后提醒这只鸟儿说：“小心一点儿，可别飞到其他地方去，凯西。”

为了降低这种事情发生的几率，帕特决定给凯西修剪指甲。在去兽医办公室的路上，凯西沉默地待在她旁边的手提箱里，直到快到的时候，它突然想到了什么事。“我的钱包呢？”它询问说。

“什么？你这只坏鸟，你忘了带钱包吗？”帕特开玩笑说，“你的意思是说，得要我来付钱给医生喽？”

为了给凯西修剪指甲的时候不被啄到，兽医把它紧紧地绑在一条毛巾上，翻转过来腹部朝上，再让一名助手抓着它，然后才开始工作。凯西无助地看着帕特，重复着她常用来对它表示怜悯的一句话，“哦，可怜的孩子。”它可怜兮兮地说。

这样的景象常会让帕特好奇凯西是否明白它自己所说的话的意思。总体而言，她倾向于认为它只是简单地把某些词句跟某些动作联系了起来，但是有时候它说的话是那么的恰到好处，以至于让她不敢确定。最近，有一名客人一直拖着不走，站在门口不断说话，直到最后，凯西不耐烦地喊道："晚安！晚安！"另一天晚上，一名客人花了两个小时喋喋不休地谈论着他自己，凯西上下打量着他，然后发表了自己的意见："真是一团糟！"

然而，有时帕特想让它学点什么的时候，凯西却沉默得令人抓狂。在她痊愈后的第一个圣诞节，帕特邀请了她的孩子和孙辈们参加家庭晚宴。她策划要教凯西唱《铃儿响叮当》。"这样你就可以为这一节庆做出一点儿贡献了。"她对它说。

"我的眼镜呢？"

"别操心这个了，听我唱。"帕特总是一边在厨房里跳舞一边唱着"叮叮当，叮叮当，铃儿响叮当"，但这只鸟儿只是带着明显的好奇望着她的愚蠢行为，然后说："哇哦！"

离圣诞节还有一个星期的时候，帕特放弃了。"好吧，你这个顽固的东西，算了吧。再说了，你很可能也唱不到调上。"

凯西嘴里含着一大口种子，晃了晃头，把它们撒到它的笼子周围，仰起头，倾听它们像雨滴一样落到地板上的声音。"是你干的吗？"它用帕特的声音质问说，"真为你感到羞愧，你这只坏鸟！"

圣诞节那天，它给孩子们表演打嗝，然后说"这太粗鲁了"。在一片笑声和包裹被打开的喧嚣中，它几乎是哀怨地问道："这里发生了什么？"但是整个晚餐期间它都静默不语。等到甜点上来的时候，帕特把灯关掉，用一根火柴点向葡萄干布丁。白兰地燃烧起来,就在这时,凯西恰到好处地唱起“叮叮当,叮叮当,铃儿响叮当”。

等到她的健康状况大为好转之后，帕特决定去欧洲度三个礼拜的假。“你会没事的，”她对凯西说，“你可以跟安妮和孩子们待在一起。”

“啃。”凯西说，这是安妮在给它清理笼子，打扫它掉出来的食物残渣时所说的话。“哎哟。”它补充道，这是当他们家里的金毛猎犬把鼻子凑得离它的笼子太近时，它用来吓唬那条狗的话。

安妮大笑起来。“要对付一个会说话的动物，那条狗要忍受的麻烦可比你多多了。”她告诉凯西说。

帕特回家的那天，安妮把凯西送了回去，这样，凯西就可以在家迎接她了。“嗨，凯西！”帕特一边开门一边说。小房间里没有传来回应。“我的老天,外面冷死了！”她大喊道。还是没有回应。帕特丢下外套，急匆匆地走入小房间。凯西盯着她。“嘿，你看到我不高兴吗？”鸟儿移到了笼子的远端。“好了嘛，凯西，别生我的气,”帕特催促说,“你怎么说,我们来洗碗吧？”她打开笼子的门，伸出手来。凯西跳到笼子底部，缩在那里。

早上的时候，帕特又试了一次。第三天，第四天。凯西始终拒绝讲话。然而终于，在帕特回来的第五天，它同意爬到她的手腕上，被带到客厅里。当她坐在安乐椅上时，它不安地移来移去，看起来似乎想要飞走。“拜托了，凯西，”帕特温柔地说，“我知道自己离开了很长时间，但你必须得原谅我。”

凯西犹犹豫豫地在她胳膊上向前迈了几步，但是接下来它又移回到她的膝盖上，犹疑不决地打着转。“你是不是害怕我永远不会回来啦？是这样吗？”帕特轻声问道，“亲爱的凯西，纽带连接着两头。我属于你，一如你属于我那样。”凯西扬起了头。“只要可以的话，我是永远不会不回来的。”

一步一步地，凯西迈上了她的胳膊。帕特缓缓地弯曲了手肘。过了一会儿，凯西把头靠在她的肩膀上停了下来。帕特用指尖抚摸着它的头，梳理着它的羽毛。终于，凯西开口了。

“我爱你，帕特·迈尔斯。”它说。

雄鹿弗兰基

在沿着一条山间溪流蜿蜒盘旋的窄路上，躺着一头被车撞死的鹿。

一个骑摩托车的人碰巧经过这条人迹罕至的小道，他绕了个弯，免得撞上这头鹿的尸体。当驾驶员的目光转到外面时，他注意到轻微的一动，于是停了下来。他发现在这头死去的母鹿旁边缩着一头幼鹿，它一定是在母亲临死前才被生下来的，因为脐带还在。“我觉得你大概要不行了，”骑摩托的人一边给脐带打结一边对这个小东西说，“但至少我可以把你带到一个暖和的地方去。”

离这里最近的地方是一家州立老年疗养院的发电站，它伫立在一座树木林立的山头，俯瞰新泽西州的格伦加德纳市。维修人员赶紧拿些破布在锅炉后面给这头幼鹿堆了个窝。当幼鹿试着要吮吸伸过来抚摸它的手指时，这些男人意识到它饿了，于是找了一只橡胶手套，用针在其中一只手套上戳了些洞，然后稀释了一些他们用来配咖啡的炼乳拿给这头幼鹿喝，幼鹿迫不及待地喝了下去。

接下来，他们开始讨论该给它取个什么名字。疗养院里的电工让·格斯——一个瘦瘦小小的男人，提出了一个建议：“如果是头雌鹿的话，咱们就叫它母鹿简；如果是头雄鹿的话，就叫它雄鹿弗兰克吧。”大家都笑了，表示赞同。

维修人员日夜轮班给它喂奶，这头小鹿那摇摇晃晃的腿逐渐强壮起来，随之，它的好奇心也变得越来越强，现在可以让它从锅炉后面走出来了。男人们在休息时总会逗弄一下这个小东西，跟它一起玩，等确认“雄鹿弗兰克”是它应有的名字时，他们又把它简化成了“弗兰基”，并且教它学会了回应这个名字。奇怪的是，唯一一个不会叫它“弗兰基”的人却是让·格斯，他管它叫“你这个小傻驴”，比如他会说：“过来吃点儿燕麦，你这个小傻驴。这是我特别为你做的。”他粗犷的声音里总是饱含深情。

当让每天早上六点钟来上班时，他的右手口袋里总会装着一些好东西：一个苹果或者一根胡萝卜，有时候甚至是一小块巧克力，而弗兰基则很快学会了用鼻子来搜寻它们。天气好的时候，他们两个会到室外去，让把他的手放在弗兰基的头上，抚摸着它的皮毛，跟它一起呼吸着清新的空气。

在发电站前那片原野的尽头，常会有鹿从树林中走出来吃草。当弗兰基闻到它们的气息时，它的头扬了起来，鼻子抽动着。“我们最好把它拴起来，否则它早晚会不见的，”这些男人中的一位说。让摇了摇头。“它知道自己什么时候该离开，”他说，“时间到了的话，它也就应该离去了。”

弗兰基第一次冒险离开发电站时并不是为了加入草地中的鹿群，而是为了跟着让。

格伦加德纳市的这些白色二层小楼是在世纪之交时盖的，当初被用做肺结核疗养院。它们四散在山顶各处，中间以水泥道和阶梯连接。有一天早上，当让正在进行例行巡视，从一座房子出来，走向另一座房子时，他听到了身后小蹄子的声音。“快回家，你这头傻驴，”他严肃地对弗兰基说，“你会摔倒受伤的。”但是弗兰基很快便熟悉了这些台阶，从那以后，这个穿着格子法兰绒衬衣、满头银发的瘦小男人身后跟着一头纤弱、金黄色的小鹿的景象就成了清晨常见的一幕。

一天，一名住客发现弗兰基在一座房子的门口等着让出来，于是他把门打开，邀请它进来。格伦加德纳这儿住的都是一些虚弱的老年人，他们之前住在州立精神病院，需要特别照料。当人们发现弗兰基进入楼内时，工作人员急匆匆地想把它赶出去，但又很快发现住客们是多么迫切地想要伸手去抚摸它。

“他们有接触饥渴症，”工作人员露比·杜兰特说，“我们为他们提供细致入微的照顾，但是人们想要去抚摸，也想要被抚摸。”当这头小鹿走过时，人们会抬起头微笑，连平时极少说话的老人都来询问这头小鹿的名字。“所有人都变得很高兴，”露比回忆说，“当我们看到这一点，再加上意识到弗兰基有多么温柔之后，我们欣然接受了它。”

它每天的到来是住客们翘首以盼的事情。当他们听到弗兰基的蹄子在走道上响起快速的“踢踏－踢踏”声时都非常高兴，他们把自己吃饭时省下的面包皮、生菜叶或者苹果片递给它。“当你给它什么东西的时候，它会朝你鞠躬。”一位住客说。“当然，”她郑重地补充说，“这得等它在状态的时候才可以。”接着，她描述了有一次她送给弗兰基一根香蕉的情景：“在给它剥了皮之后，我以为它会一口就把整根香蕉吞下去，没想到它也是从头开始一点一点吃，和我们的吃法一样。”

尽管工作人员逐渐习惯了弗兰基的存在，但当有一天一名护士冲向电梯，却发现弗兰基和一位身躯佝偻、年纪很大的老太太一起站在电梯里时，她还是被惊到了，因为她知道这位老太太有着严重的心脏病。

“波林，”她紧张地说，“你不担心电梯开动时弗兰基会被吓到，然后四处乱跳吗？”

“它想要到一楼去。”波林坚定地说。

“你怎么知道？”

“我就是知道。按按钮吧。”

护士按下了按钮。电梯开始下落。弗兰基转了个身，把脸调向前方。当门打开后，它走了出去。

"看到了吧？"波林得意地说。

有一天，弗兰基发现财务的窗口前有一队员工在排队，于是它也凑热闹地加入了这帮等着拿工资的人群中。轮到它来到窗口时，工作人员从里面盯着它。"是啊，弗兰基，"她说，"我是不介意给你一张工薪支票的，你是我们最好的社工了。但是你该找谁带你去银行取现呢？"

弗兰基一直在格伦加德纳自由自在地行动着，深秋时节来临时，主管艾琳·萨拉伊发现它的头上开始长角了。她担心它会不小心伤到哪名住客，因此颁布了禁令。

弗兰基还是会经常去庭院里玩耍，但是几个月后，它开始探索更远的地方。终于，有一天傍晚，它没有回到发电站。它已经一岁了，开始自主了。

然而，每天早上它还是会回来迎接让，检查他的口袋，它知道里面肯定会有给它准备的好东西。下午的时候它会再次出现，住客们会跟着它一起来到楼前宽广的草地里逗弄它，而它则嚼着一只硬面包或者一个苹果。

乔治是这里的长期住客，他是一名有着语言障碍的孤僻老人，似乎完全不在乎别人是否理解他说的话，然而他会教弗兰基对他的声音作出回应，他们两个常会一起去散步。

当弗兰基两岁的时候，它长成了一个帅气的家伙，有着六叉茸角和油亮的皮毛，皮毛的颜色也从黄褐色变成了深红褐色。

那年四月下了一场暴风雪。当让在复活节前的那个星期五来上班时，地面上铺了大约十英寸厚的积雪，但这似乎并不足以解释弗兰基为什么没有在等候他，这还是第一次发生这种事。在例行巡视结束之后，让找到了乔治，让他带路去了弗兰基通常用来躲避坏天气的那两棵挪威云杉树下。然而弗兰基并不在那儿，另外几个它常去的地方也没有它的踪影，乔治呼唤它的口哨也没有得到任何回应。之前在狩猎季节里,让跟格伦加德纳的所有人一样，每天都极度担心弗兰基的安危，但是现在狩猎季节早已结束了。它能出什么事呢?

让试图安慰自己说是大雪把弗兰基阻隔在了别处，但是那天晚上他还是没能睡好。周六下午，他决定回到格伦加德纳去找它。他叫上乔治，两人一起出发穿越树林前往格伦加德纳。那天很晚的时候，他们找到了这头鹿。弗兰基躺在一小块积雪被地下的蒸汽融化的地面上。它的右前腿粉碎性骨折了，锯齿状的碎骨露在皮肤外面，伤口周围的血迹已经变成了黑色。让跪在它旁边，“哦，你这头傻驴，”他轻声说，“发生了什么事情？狗追你了吗？你踩进一个土拨鼠洞了吗？”弗兰基的眼睛因为疼痛而暗淡无光，但它听出了让的声音，试着去舔他的手。

弗兰基受伤的消息像闪电一般飞速地在疗养中心传开了，在让一个个地打电话想找一名愿意在周末到山上来的兽医时，所有的住客和工作人员都在焦急地等待着。终于，一名兽医同意过来，但是要等到明天，而那时候弗兰基已经从那个雪融掉的地方走掉了。乔治沿着雪地找到了它，等到兽医来了之后，他引领着让和这个满腹牢骚的年轻人来到树林里的一个灌木丛中。

兽医只看了一眼弗兰基断掉的腿就知道是怎么回事了。他从包里取出一个注射器，想要这头鹿就此解脱。“不要，”让拉住他的胳膊，“不要。我们必须得努力救它。”

“像这样的骨折，必须得做手术才能好，”兽医说，“而它是个野生动物，还这么大，我没有相应的设备。”

他只知道一个可能有条件做手术的地方。在得到兽医的同意后，让迅速奔向主建筑去打电话。很快，他就带了一个简易的雪橇回来。十五英里之外的圆谷兽医院已经答应，如果把弗兰基送过去的话，他们至少会给这头鹿做个检查。让把弗兰基的头放到自己的膝盖上，安静地跟它说着话，直到兽医给它注射的镇静剂发挥作用为止。等到这头鹿失去意识之后，这三个男人把它抬到雪橇上，抬着它走出树林，抬到让的小货车上。

医院的 X 光片显示这次骨折非常严重，需要用一块不锈钢钢板来修复。“我开刀的时候你得在旁边才行，”格雷戈里·佐尔顿医生对让说，“我需要你来帮我移动它。”让的胃里一阵翻腾，但是他使劲往下压了压，然后点了点头。

让曾担心自己会晕过去，但当他亲眼看着佐尔顿医生进行这三个小时的手术时，他忘记了自己的担忧。“太完美了，”他回忆说，他那线条优美的脸庞神采奕奕。“他清理那些骨头、撕开肌肉和皮肤的技艺是那么娴熟，然后他切开弗兰基的肩部，从那里取出骨头来连接断掉的两端，然后把钢板拧到位。我不敢相信他竟然花了那么大的精力在这上面，但是他说如果一条腿既不能跑也不能跳的话，那它对鹿来说完全没什么用处。”

缝好切口之后，佐尔顿医生对让说：“在麻醉剂完全失效之前，我希望你能一直陪在它身边，免得它伤到自己。另外，在接下来的七天中，你必须每天给它注射两次抗生素。我会教你该怎么做。”

格伦加德纳的庭院里有一个废弃的马厩。让把弗兰基带到那里去，然后把它安置在一个畜栏内。整个晚上，让都坐在旁边的稻草上陪着它。“哦，你这头傻驴，”每当弗兰基一动弹他都会这样轻声说，“你给自己带来了这么多麻烦，但是一切都会好的，乖乖躺着，躺好。”每当弗兰基想要挣扎着站起来时，他都会轻轻抚摸弗兰基的脑袋，然后把它抱在怀中。每当听到熟悉的声音，弗兰基都会重新睡下，直到太阳出来了它才彻底醒过来。让给了它一点儿水和食物，等到他确定弗兰基不再害怕了之后，他才拖着僵硬的骨头上床睡觉。

当弗兰基挺过了手术的消息传开后，格伦加德纳的住客委员会召开了一次会议。通常他们开会的目的是为了向工作人员提出投诉和建议，但是这一天，他们推举出的主席玛丽思考的却是关于鹿的事情。“你们跟我都清楚，弗兰基这次的手术得花一大笔钱。那么，弗兰基是我们的鹿，大家都同意吧？”住客们一致点头同意。“所以这笔费用应该由我们出，对吧？”这次大家点头的速度变慢了一点儿。

“我们要怎么做呢？”曾经做过商人的肯尼斯问道。

经过讨论，他们决定在住客厨房里烘焙饼干，然后进行义卖。另外，他们还会举办一次募捐，让人们从他们在福利工厂或楼宇病人们经营的小杂货店中获得的微薄收入里尽己所能地捐献一点儿。“但是首先，在我们做所有这些事之前，”一位名为玛格丽特的住客斩钉截铁地说，“我们得给弗兰基送上一个果篮，祝它早日康复。”

这天剩下的时间里，住客委员会找了一只篮子，对它进行了一番装饰，还做了张卡片。第二天，他们从杂货店买了一袋苹果，然后把每个苹果都擦得闪闪发光。玛丽、玛格丽特和乔治被委托来赠送这个果篮。他们把它放在一只塑料袋里，这样一来，即使他们在雪地里滑倒，苹果也不会滚下山坡，然后三个人就出发了。他们顺利平安地到达了目的地，悄悄地溜进了马厩。当时弗兰基正在草堆里睡觉，但当他们来到它身边时，它被惊醒了。玛丽给它读了卡片，玛格丽特给了它一个苹果，乔治把篮子放到一个它能看到却够不到的地方。随后他们三个人回去了，向大伙报告弗兰基很好，对礼物感到非常高兴。

手术后的第七天，让打电话给佐尔顿医生，说实在没办法抓到弗兰基让它乖乖地打抗生素。佐尔顿医生轻声笑了。“如果它有那么大劲的话，那它就不需要打抗生素了。”但是他警告说，弗兰基必须在室内待满八个星期，如果它在腿骨愈合之前就出去跑动的话，就会再次骨折。

因为不知道这段时间该喂它吃什么，让开始观察外面的鹿。他经常透过自己屋子的窗户望向外面的树林和格伦加德纳的庭院，等到鹿一离开某个地方，让就冲过去，采集三叶草、苜蓿、忍冬藤、幼嫩的苹果叶——那头鹿之前在吃的所有东西。乔治通常会帮他一起采摘，每天他们都会塞满一只二十五磅重的麻袋。弗兰基每次都会狼吞虎咽地吃掉他们带去的所有东西，外加住客们到马厩看它时带去的从自己饭菜中省下来的面包卷、胡萝卜、土豆和水果。

“我们会去看它，哦，它是那么地想要出来。”玛格丽特说。她是个矮矮胖胖的女人，白发像光环一般竖在她的脑袋周围。“它总是站在那里，鼻子顶着门上的一条缝。它闻到了春天的气息，它就那样沉浸在新鲜空气之中，仿佛那是什么好喝的东西一样。”

当募捐的钱凑到135美元时——它们中的大多数都是一分和五分的硬币，委员会指示让给佐尔顿医生打个电话，让他把账单寄来，好看看他们攒的钱够不够付账。账单寄到的那天，玛丽召集委员会开会。大伙都安静地看着她打开信封。她的眼睛立刻瞟到了账单底下的总额。她的脸色沉了下来。“哦，天哪，”她黯然地说，“我们要付392美元！”直到她推了一下自己的眼镜，她才看到这行手写的注释：“全额付讫：格雷戈里·佐尔顿，兽医学博士。”

弗兰基八个星期的禁闭期结束的那天，玛丽、玛格丽特、乔治、让和佐尔顿医生聚集在马厩的门口。当时正值六月中旬，草地里的草已经及膝高了。让把马厩的门打开，弗兰基一如既往在用鼻子顶着那条裂缝。它从昏暗的室内向外看。“来吧，弗兰基，”让柔声说，“你可以走了。”但是弗兰基早已习惯了有人溜进来然后再迅速地把门关上，所以它并没有动。“没关系的，”让柔声说，“你自由了。”弗兰基小心翼翼地迈了一步，然后看看让。让抚摸着它的脑袋，“去吧，弗兰基。”他说，然后轻轻推了它一把。

突然之间，弗兰基领会了他的意思。它猛地奔跑起来，如同灵缇犬一般快速飞奔过整片原野，四蹄几乎不曾着地。

“慢一点儿，慢一点儿！”佐尔顿医生担心地说。

“它太开心自己能够出来了，”玛丽伤感地说，“我觉得我们再也见不到它了。”

到达树林边缘的时候，弗兰基转了个弯。它回来了！它依旧像鸟儿一样敏捷地向他们飞奔了过来。快要到达马厩的时候，它又转了一个弯，来来去去地在这片草丛上跑了六次。接下来，它在他们身边停了下来，腹部用力起伏着，舌头垂在外面。弗兰基充分测试了自己腿的强度。一点儿问题也没有。“太好了！”乔治斩钉截铁地说。所有人都欢呼起来。

很快，弗兰基又回到了它习惯的生活中去，每天早上六点钟在发电站等着让，然后在他口袋里搜寻好吃的，再陪着他一块巡视一段。如果天气好的话，中午时分它会在露台上到处游走，因为工作人员经常在室外吃午餐。一天，一名护士吃饭时因情绪不佳而失神，等她回过神来想吃她的浇了大量意大利沙拉酱的沙拉时，却只看到就连最后一点也消失在弗兰基的口中。于是后来，每次在做野餐计划的时候都得给弗兰基留出一份食物，因为它总会出现。

在树林里闲逛的人常会听到身后传来一阵轻快急促的步伐，然后剩下的路程就会有一头好交际的鹿陪他们走完了。有一名访客来的时候，大家忘了事先提醒她，结果她被这只大型的有角动物搞得歇斯底里，她觉得那是在骚扰她。直到后来，有人把她的口袋清空，把里面的餐后薄荷糖递给了弗兰基，她才知道原来弗兰基是因为非常喜欢这种糖，并且刚才在她身上闻到了它的味道才这样对她的。

秋季来临时，让因为狩猎季节即将来到，于是给弗兰基的脖子上套了一只红色的编织项圈。没过一两天项圈就不见了，原来弗兰基在林中的一棵树上把它给蹭掉了。让又给它戴了一个，而这个也被弄没了。“它不喜欢红色，”波林说，“它喜欢黄色。”

“你怎么知道？”

“我就是知道。”

让尝试了黄色，弗兰基真的就一直戴着它。当弗兰基早上不再出现以后，让很高兴。他知道现在是它的发情期，弗兰基应该待在树林里守着自己的地盘。这座山是一片自然保护区，不允许狩猎，然而他还是担心弗兰基的安危，因为偷猎者常会溜进树林中，弗兰基可能会跟着一头它中意的母鹿走出山中。

有一天，一名工作人员在上班途中看到了山脚下有一群狩猎者，而弗兰基正沿路漫步并走向他们。她下车让弗兰基掉了个头，让它向着山中走去，然后她开车行驶在它旁边。弗兰基不断回头用责备的目光看着她，但是她一直用车把它赶回了安全地带。还有一天也值得纪念。一辆满载着猎手的小卡车开到了发电站。当后挡板被放下时，弗兰基跳了下来。这些猎手在当地报纸上读到了弗兰基的故事，当他们看到一头戴着黄色项圈的温驯的鹿时，他们猜测这一定就是弗兰基了，于是把它带回了家。

发情期过后，弗兰基重新出现了，但是这一次当它从树林中出来时，身后跟着三头母鹿。此后的多年来都 直是这样。母鹿们在草地的尽头等着它，等到它见过让、巡视过露台、在海棠果树下稍作停留，等着乔治给它摇晃些果子下来之后，弗兰基便跟母鹿们会合，这个小团体再重新回到树林中。

鉴于狩猎季节对格伦加德纳的所有人来说都是一个紧张的时刻，直到他们知道弗兰基安然无恙地挺了过去才松了一口气。每年的秋天，乔治和格伦加德纳的其他人都会展开一场辩论，争论究竟该不该为了弗兰基的安全而把它锁在马厩中。投票结果总是反对票居多。大家觉得弗兰基象征了格伦加德纳的哲学，即在提供关爱的同时并不损伤其独立性。“鹿和人都有着各自的尊严，”让说道，“当他们需要帮助的时候给予他们帮助是可以的，但你不能剥夺他们的选择。”

因此，雄鹿弗兰基，这头格伦加德纳之鹿，一直过着自由自在的生活。自然，它承担着风险，然而生命本身就是一场冒险，并且，如果弗兰基一旦遇到什么麻烦的话，它知道哪里能够找到可以依靠的朋友。

【灵缇犬】一种身形纤细、腿瘦长、善奔跑的狗。

一头寻求帮助的鹿

最先发现那头鹿的是小狗托普。它伏下身子缩成一团，蓄势待发准备一跃而起迅速出击。这让艾莉森·米勒德警觉起来，她抓住皮带，把它拉得紧紧的，暗示托普不准去追捕那头鹿。

她抬起头，本以为会看到鹿在树林中跳跃着跑开，只留下白色尾巴的影子。但让她惊讶的是，那头雌鹿站在大约二十码远的路的尽头纹丝不动。它的一半身子被灌木丛给遮住了，另一半身子都露在外面，它的头转向了艾莉森和狗这边，一动不动地朝他们的方向盯着。

“它受伤了，”艾莉森心想，“它神志不太清楚。”艾莉森曾在一头被车擦伤的鹿脸上也见过同样的眼神。一连好几分钟那头鹿都站在路中间一动不动，直到一位不耐烦的摩托车司机摁响了喇叭。随后那头鹿猛一摇头，恢复了神志，跳到一片原野中跑开了。

艾莉森大声地拍着巴掌，期望同样的事情会在眼下发生。但是事情并没有如此发展，这头鹿转过头去看了看眼前的小路，然后又转回来看着艾莉森。艾莉森意识到，这头鹿的眼睛并不是茫然无神、看不清楚的。它炯炯有神，其中还包含了一丝疑问，抑或是求助？这头鹿再一次转了下头来引路，然后又立刻转回来紧紧地盯着艾莉森。

艾莉森清楚地感觉到这头鹿是在要求她跟着它走。“多奇怪啊，”她心想，“这种事情只会在童话故事里发生。”鹿又一次转了下头，沿着小路望去，然后又回过头来久久地看着艾莉森。艾莉森犹豫了。她应该跟上去吗？“会发生什么事呢？”她问自己说，“它又不是熊或狼。鹿是不会伤害我的。”她把托普的皮带拴到一棵树上，然后轻声却又坚定地说：“在这儿待着。”

她开始沿着小路朝鹿走去。当她离鹿只有几步远的时候，鹿从小路上折到了树林中。它走在前面一点儿的地方，在树林中保持着跟小路平行的路径，每走几步就回头看一下艾莉森是不是跟着它。因为艾莉森和托普经常走这条路，她对这条小路很熟悉，知道它会经过一栋小屋，那栋小屋在一条长长的乡间小路的尽头，隐蔽在树林中。

他们现在正往那里走去。艾莉森都能看到它前面的白色篱笆了。当林木逐渐稀疏起来时，鹿在树林边上停了下来，一直等到艾莉森走上来为止。当他们四目相对时，鹿将目光移到了篱笆上，一会儿看看艾莉森，一会儿又看看篱笆。

篱笆并不高，只有三英尺左右，对一头鹿来说完全可以轻易地越过去。为什么这头鹿要盯着它看，并且似乎想要艾莉森也看看它呢？

艾莉森从树林中走了出来。她向篱笆凑近了一点儿，四处打量着它。现在她明白了，有一头才几天大的小鹿被卡在了两根篱笆中间。

很容易就能猜出来发生了什么。做母亲的越过了篱笆，而这头小鹿因为太小了跳不过去，试着从两根篱笆之间钻出来，却被卡在了半路。在这头小鹿挣扎的时候,这头鹿很可能用鼻子顶了顶它,喉咙里还发出鼓励的声音，但这番挣扎只是让它卡得更紧了。做母亲的没有什么办法来解救它，所以它只好退而求其次，做了一件出人意料的事情：当它听到艾莉森和托普从树林里走来时，这头鹿置自己的安危于不顾，前来寻求帮助。

当艾莉森走近时，小鹿惊慌起来，又踢又扭。艾莉森跪在地上，抓住它的两条后腿让这个小东西停止扭动。她的声音很温柔，手劲很和缓，当小鹿安静下来后，她开始用尽全身力气猛拉卡住小鹿的那两根篱笆。两根篱笆都纹丝不动；木头很新，也很结实，篱笆造得很坚固。她找到一根硬木棍,试图用它来把篱笆撬开一英寸,但它们一动也没有动。她能不能把哪根钉子给弄松呢？她把全身的重量都压在了这上面，但依旧一无所获。

如果她有个工具就好了——一把锯子、一根铁橇或者一柄锤子什么的。住在这栋小屋里的那对夫妇整天都在外工作。屋子应该是锁着的，而艾莉森可没办法为了拿一个工具而破门而入，就算是为了行善也不行。走回她自己的房子里去拿个铁橇来要花上好长一段时间，等到她回来时这头小鹿很可能已经不行了。她觉得哪辆过路车上可能会有什么能把篱笆撬松的工具，于是决定走到外面的马路上。

她朝树林中看去，试图在林木中分辨出那头鹿的轮廓。“我会回来的，”她朝树林中喊道，“我去找人帮忙了，我会回来的。”那头鹿听到她说的话了吗？它还在那儿吗？它听得懂吗？艾莉森在沿着乡间小路前进的过程中不断回头查看是否有什么风吹草动，但是树林中什么响动也没有。

在路上过了好几分钟她才听到一辆车开来的声音，而且并不像她所期望的那样是名邻居或者是开小货车的工人。那是一名陌生人，一个戴着飞行员太阳镜，开着一辆豪华的黑色敞篷车的男人。当艾莉森急匆匆地解释着她为什么把他拦下的时候，他整了整他那花白头发上的粗呢帽。“一头小鹿？”他抬高了声音说道，“你是为了一头小鹿把我拦下来的？”

“我想如果你有一个千斤顶的话……”

“我可不做换轮胎这种事。”

“千斤顶的手柄。把它当杠杆用，”艾莉森指着那条乡间小路，“就在那儿……”

那个男人皱了皱眉："我要去赴约。不过算了，让我来看一看。上车吧。"

上一个她之前从没见过的人的车，然后开到树林里？艾莉森犹豫了。那个男人戴着手套的手掌在方向盘上敲打着。艾莉森想到了那头鹿为了给自己的小鹿寻求帮助所冒的危险，她上了车。

到了房前，那个男人没有熄火，大步走向篱笆。"千斤顶呢？"艾莉森在他身后喊道，但他没有回答。艾莉森惊觉那头小鹿的头正无力地低垂着，她匆忙穿过篱笆上的一道门，蹲下身来把它的头搁在自己腿上。

"小菜一碟。"男人勘察了形势之后宣称道。像艾莉森之前做的那样，他抓着一根篱笆开始又拉又拽又拔。他在靠近小鹿那边推推篱笆，再在另一侧拉一拉。他摇动着栅栏，紧接着他拿起艾莉森之前用过的那根木棍，用它穿过两根篱笆，然后猛地一拉，木棍折断了。他不耐烦地后退了几步，准备开踢，然后低下头看看他的意大利皮鞋，决定还是另想他法的好。他环视四周："我能用什么？"

"如果你车上有轮胎撬棒的话……"艾莉森开口道，但是男人已经动身朝小路边上的一堆石头那儿走去了。他拿了一块自己一手能拿动的最大石头回来。"离远点儿。"他命令艾莉森说。她以为他要试着把一根篱笆敲松，但是他却瞄准了卡住小鹿的一根篱笆中间的位置，用石头猛地砸了上去。篱笆上出现了一道裂痕。接下来的两下迅速、有力的敲击把篱笆从中间砸成了两段。艾莉森抓住下面的一段，把它扭到了一边。她把手放到了小鹿身下，把它拉到怀里摇晃着，轻柔地对它说着话。

男人把石头朝树林里扔去。“这下解决了，对吧？”

“是的，谢谢您。非常感谢您。”

“把篱笆给毁了。”

“没关系的，我会找个木匠来修好的，”艾莉森说，“我知道你急着赶路……”

“是的。”男人开始朝他的车走去，然后又转过身来指着小鹿。“它不会有事吧？你打算把它怎么办？”

“我希望它的妈妈还在这边的树林里。”

男人伸手从口袋里拿了张名片出来。“让我知道它后来怎么样了，”他转过头来说道，“它还算是个漂亮的小东西。”

“我会的。再次感谢您。”

艾莉森一直等到车开出了自己视野之外才离开。她抱着小鹿穿过大门，跪在树林边的草地上。当小鹿那怦怦作响的心跳逐渐舒缓下来之后，她把这只小东西放在草地上，看看它的腿能否站得住。小鹿摇摇晃晃地站着，抬起头，轻轻地发出了一声寻觅性的鸣叫。

过了一会儿，它又叫了一声，这次的声音大了一点儿，有些惊慌。从树林里传出了一声鼻息，那是从张得大大的鼻孔中快速呼出空气的声音。声音并不近，但是小鹿听到了，它颤抖地迈出了一步。然后又一步，再一步，随后它便跳跃着跑向了树林。

艾莉森把碎掉的篱笆拾到一起，给房子的主人留了个字条，然后走向小路，解开托普的皮带，跟它一起继续散步。当她到家之后，她会按名片上的号码打个电话，留言说这个故事有了个皆大欢喜的结局——那头小鹿回到了妈妈的身边。

一只名叫瓷器的天鹅

A swan called Porcelain

那天早上蛋被孵了出来。埃塞尔·拉塞尔在家里通过双筒望远镜观察着雌天鹅带着刚出生的小天鹅游了一小会儿泳，然后指示着它们跟着它回到巢内。泥泞的河岸非常湿滑，这些小宝宝摇摇晃晃但还是安全跟上了——除了一只以外。那个小不点无助地又滑到了水里。小天鹅挣扎着又试了一次,然后又滑了下来。透过镜片，埃塞尔能够看到那个小宝宝的嘴巴张了又张，啾啾叫着似乎在大喊救命。但是风太大了,雌天鹅听不到它的喊叫。它变得越来越虚弱，等到它第三次滑进水里时，它再也没有出来。它很快就要死了。

埃塞尔冲进车库拿出丈夫的长柄渔网，然后飞速赶到池塘边。那些小天鹅的父亲公爵先生为了守护自己的巢朝她冲了过来。埃塞尔把小天鹅舀了起来，然后撒腿就跑，躲避着那双有着尖尖“胳膊肘”的张开的翅膀，那“胳膊肘”的力度足以击断一个人的腿。等到公爵看出她的路线之后，它又回头继续吃水草去了。埃塞尔打着转，想要溜近一点儿把天鹅宝宝放回巢里去。这一次连公爵夫人也跟公爵一起加入了攻击的行列。没人能够靠近它们的巢一步，哪怕是埃塞尔也不行，虽然她经常给天鹅喂食。经过了再一次尝试之后，埃塞尔放弃了，把这团珍珠灰色的小毛团带回了家。

她知道强行地人工抚养一只野生动物对它有些不公平，但是在这种情况下她也别无选择，并且她还暗暗地因此而兴奋。伴随着她的丈夫弗兰克退休，他们从俄亥俄州搬到了切萨皮克湾之后，她就对天鹅着了迷。看着野生天鹅那庞大的白色身躯划过天空，如瓷器般完美无瑕的家养天鹅在周围的池塘里游泳，这些对她来说都是一种快乐的源泉。弗兰克知道这一点，于是在他们的家里挖了一个池塘，为她买了公爵和公爵夫人。埃塞尔很喜欢看着它们，并且极度渴望能够直观地了解它们。现在看来，命运似乎马上要满足她的愿望了——如果她能把这只天鹅宝宝养活的话。

当弗兰克回家时，她把这只小天鹅包在了一条土耳其毛巾里放在了腿上。还没等她把事情讲完，弗兰克已经把这只漂亮的小生物放到了他的大手中，欣赏着它明亮的棕色眼睛、黑色的嘴巴和双脚。“埃塞尔，”他开玩笑说，“我觉得你刚刚成为了一名母亲。”埃塞尔回应说如果是这样的话，那他就要做爸爸了。随即她打发弗兰克找来一个盒子，里面铺上碎报纸。他把一盏二十五瓦的灯泡挂在它上面，用来供暖，然后再配上水罐和食槽，最后把这只小天鹅放了进去。埃塞尔已经在想象它长大之后的样子了，所以等到弗兰克问她该给它起什么名字时，她已经有了答案。“瓷器，”她说，“它将会像瓷器一样美丽。”

如果说作为一只天鹅的父母，弗兰克和埃塞尔长得有些过于奇特了的话，瓷儿（他们很快便开始这么称呼它）却似乎并没有注意到这一点。它愉快地接纳了他们，只要一瞅见他们中的哪一个就开始高兴地吱吱叫起来，当他们带它去院子里散步时，它紧紧地跟着他们，好比一团有羽毛的影子。唯一让它失望的似乎是他们不会参与它喜欢的每日两次的洗衣缸游泳活动。

它是如此的依赖埃塞尔和弗兰克，然而他们一早就订好了要去密歇根州探望埃塞尔的父母，这样一来该拿瓷儿怎么办呢？等到他们预计出行的那一天，瓷儿才刚满三十天大。弗兰克建议说带上瓷儿一起上路，而埃塞尔则坚持要先试验一段路程，看看天鹅对车的反应如何。

他们小心翼翼地把它放在一个铺了一次性尿布的帽盒里，安置在前座他们两个的中间。弗兰克将车缓缓开出车道，瓷儿跟埃塞尔扯着闲话。车子开始加速，埃塞尔给瓷儿喂了几把草。正当她跟弗兰克眼神相交以示庆贺时，瓷儿瞥见了一辆车正向他们开来。这只小天鹅一头缩到了帽盒底部，等到这个小东西鼓足勇气从盒子边缘上方偷看时，又一辆车驶了过来。它再次缩了进去。但是最终它的胆子变得大了起来，到后面有一次它稳稳地站着，优雅地转了一下头，向对面的车示意说它要从他们身边经过了。

所以密歇根之旅就此成行，瓷儿待在埃塞尔和弗兰克中间霸道地指挥着交通，他们吃饭的时候它也吃饭，从一只暖水瓶里啜水喝，间或睡觉。临近傍晚的时候他们在一家四周环绕着草地的汽车旅馆处停了下来，埃塞尔走进去办理入住手续。

桌上的一块牌子上写着“宠物禁止入内”。“鸟类也包括在内吗？”埃塞尔问道。店主可能把这想成了是一只装在笼子里的金丝雀，向她确认说带鸟进房间没事。尽管如此，埃塞尔还是把盖子盖在鞋盒上，直到瓷儿安全进了房间才打开，然后把浴缸里放满水供它游泳。小天鹅游啊喝啊，喝啊游啊，然后把脑袋猛地扎进水里，在水面上溅起了大大的水花。埃塞尔急忙将浴帘拉上。一番运动过后，瓷儿在擦干了水又铺满了报纸的浴缸里安顿下来，一觉睡到了早上。

天刚一亮它就吱喳叫着把埃塞尔两口子给吵醒了。又游了一次泳之后，埃塞尔带它去草地散步。她觉得天色尚早，不会有人这么早起来的。突然之间，店主从楼房的转角附近走来。他看到一个身穿家居服的女人和一只在他的草坪上舒展着翅膀的天鹅，旋即停了下来。他什么话也没说，只是轻轻地摇了摇头，仿佛一名汽车旅馆的店主命中注定要看到这种糟心事。

等到埃塞尔夫妇抵达密歇根时，他们告诉埃塞尔的母亲有人在车里等着见她。“哦，天哪，”她叫着，“等会儿，我得补点儿妆。”“没关系，”弗兰克微笑着告诉她说，“不管你是什么样子，它都会爱你的。”的确，这段时间里的每时每刻瓷儿都很开心，甚至连那似乎永无穷尽的一大串访客——关于这只漂亮、行为规矩、喜欢坐在人腿上的小天鹅的消息很快传开了——她都一样受欢迎。

回到家以后，弗兰克在车库给瓷儿建了一道围墙，供它晚上睡觉，在院子的露台外面筑起一道栅栏，并且挖了一道与地面平行的水槽，里面注上自来水以保持水质清新。每天清晨瓷儿都会在车库门口迎接埃塞尔，然后他们一起到院子里去散步。如果那里出现了前一天不曾有的一片树叶、一段嫩枝或者一片碎纸，瓷儿就会一动不动地站在那里，直到埃塞尔把它捡起来为止。

有一天傍晚，它拒绝进入车库里去。“怎么了，瓷儿？”埃塞尔问道，“出什么事了？”天鹅抬头看看她的脸，然后继续看向车库里面昏暗的某处。埃塞尔顺着它眼神的方向看去，但是什么也没有看到。“指给我看。”瓷儿又看看她的脸，然后看向同样的位置。直到那边动了一下，埃塞尔才看到那只蜷缩在角落的小老鼠。

那一年，弗兰克送给埃塞尔一台风琴作为生日礼物。她的演奏水平并不算太高，但是瓷儿并不介意。每天上午十点钟，这只天鹅都会快步穿过露台，轻快地敲敲那扇玻璃门。“你来听音乐了，是吗？”埃塞尔会说，然后展开一块塑料纸让它坐下。她还没有意识到天鹅天生是爱清洁的动物，它们只会在水里而不会在陆地上大小便。瓷儿坐在塑料纸上，紧紧地贴过来。埃塞尔不得不变得很小心，以防在踩踏板时踢到它。

天鹅通常都会为自己设定一个严格的时间表，因此一点钟的时候，瓷儿会再次敲敲露台的门，这一次它是要求被放出去在它的游泳池里游一会儿泳。尽管它能够看到自己的兄弟姐妹在同一时段也在旁边的池塘中游泳，瓷儿却从未对它们投以哪怕一丁点儿的关注。它对那个大球的兴趣要大多了，总是把它从游泳池的一头撞到另一头去。

游泳完毕之后，瓷儿开始一丝不苟地进行每日例行的对羽毛的打理。只见它用嘴巴轻轻整理着，去掉断掉的羽毛，并且用嘴巴那锯齿状的边缘仔细地清理着羽毛上的泥巴。除了做刷子和梳子之外，喙对天鹅来说还有着很多用途:勺子、筛子、锤子、武器等。它还是天鹅用来表达好感的方式。有时候，瓷儿会把全身的重量都靠在埃塞尔身上，用它的喙悠长舒缓地上上下下地爱抚着她的背。"我知道，瓷儿，"埃塞尔会一边回摸着这只天鹅的背部一边说，"我知道你爱我，我也爱你。"

某天晚上，在一场晚宴派对上，瓷儿爱抚了一位它特别喜欢的客人，让他大大地转了一个圈，以至于把酒杯掉到了地上。或许它压根就不该出现在这个派对上，但是这只天鹅喜欢人群，依次一本正经地对每个人点着头，发出轻轻的欢迎声。等到在客人中转了一圈之后，它在一只红色的天鹅绒枕头上安顿下来。它的白色羽毛闪烁着动人的光泽，嘴巴呈珊瑚色，如同一位冰雪皇后般端坐在那里，直到轮到它展现才艺时才起身。

埃塞尔教会了它从她的双唇间叼出一片青草，这只小天鹅的动作既敏捷又温柔，它的喙从不曾擦伤埃塞尔的嘴巴。弗兰克在它这项技艺的基础上加以发挥，让这只天鹅帮助他完成魔术表演。他将一副牌摊成扇形，一声令下，瓷儿就会将其中的一张牌叼出来给他。如果他假装掉了某一项道具，它会很快地把它接住然后还给他。当他提议让瓷儿悄悄报一个数给他时，它会拼命伸长脖子，踮起脚尖，在他的耳边轻轻地发出声音。等到表演结束他要求它给自己一个拥抱时，它会张开自己的翅膀，温柔地抱抱他。

瓷儿唯一不喜欢的人是邮递员。跟其他天鹅一样，瓷儿有着强烈的地盘意识。只要一看到有人出现在它的地盘上，它就会立刻冲过去，伸着翅膀，时刻准备出手。埃塞尔一家不得不在车道尾端的灌木丛里搜寻着被匆匆离开的司机们丢下来的洗好的衣服或者邮局的邮件。

瓷儿尤其讨厌弗兰克的某位雇员。一天早上，它正在垫子上睡觉的时候，瓷儿听到了楼上前门处传来了他的声音。埃塞尔还没来得及阻止它时，它就已经迅速地跑上了楼梯，用喙刺穿了纱门。直到弗兰克因为另外一件不相干的事辞退了那个人之后，他们才了解到原来他曾经有一次用电击棒逗弄了瓷儿，而它至今也没有忘记或原谅。

当然了，鉴于它在出生还不足二十四小时的时间内已经跟埃塞尔和弗兰克生活在一起了，瓷儿在他们面前总是表现得深情款款、彬彬有礼、温和友好。傍晚时分，当他们在读书或者看电视时，瓷儿常常会在他们之间的地板上睡觉，等到它觉得自己该上床了的时候，它会起身走到露台的门口。他们会把它放出去，三个人一起走过草坪，走到车库旁。

第二年的春天，在一个月圆之夜，瓷儿从他们身边走开了。它在草坪的一端停了下来，抬起头冲着天空鸣叫。“它在呼唤伴侣了，”弗兰克说道，“是时候让它离开我们了。”

“哦，弗兰克，我们怎么能让它走呢？”埃塞尔哀叫着。但是正如父母们知道不管他们有多爱孩子都必须给他们自由，让他们去过自己的生活一样，埃塞尔知道弗兰克说的是对的。天鹅的生命期限是二十到三十年，而在这段岁月中瓷儿应该享有伴侣的亲密陪伴，正如她和弗兰克一样。

第二天下午，埃塞尔把瓷儿领到池塘旁边，这只天鹅在她身后一路游着，一直游到了远端的一处小水湾，开始在那里觅食。“留在那儿吧，瓷儿，留在那儿。”埃塞尔告诉它说。天鹅似乎明白它现在得靠自己了，开始仔仔细细地探索起了小水湾岸边的情况。埃塞尔希望随着时间的推移，其他天鹅会接受瓷儿，把它当做它们中的一员，但是它们每天都想赶走它。事情变得很明显了，如果想要瓷儿找到伴侣的话，弗兰克和埃塞尔必须得帮它找到它的另一半。

登在游戏杂志上的一则广告让他们得知在克利夫兰有一只两岁大的天鹅。埃塞尔夫妇安排将它运了过来，等到他们把它从机场接回家之后，瓷儿欢天喜地地把它迎进了自己的小水湾。看着它们一起玩，一起溅起水花，弗兰克和埃塞尔觉得自己简直像是新娘子的双亲一样。

然而他们高兴得太早了。还没到一天，瓷儿就开始粗鲁地驱逐这位新居民离开自己的水域了。等到他们确定事情已经无法挽回之后，埃塞尔夫妇又尝试着找来了一只来自印第安纳州的天鹅。他们觉得瓷儿可能是因为嫉妒才不肯跟对方好好相处，于是有意减少了自己去水湾的次数。跟上一次一样，刚开始一切都好，但是第四天的时候，他们发现那只印第安纳州的天鹅垂头丧气地坐在岸边，而瓷儿则得意扬扬地巡视着自己的领地。很显然，这个追求者也被拒绝了。

当驯鸟者过来给公爵和公爵夫人这一季孵出来的孩子们修剪羽翼时（如果及早进行的话，这是一个既简单又不血腥的过程。剪翼是去掉翅膀的第二个关节，防止鸟儿飞走），埃塞尔和弗兰克跟他讲述了自己做媒不成的经历。米勒先生离开了一会儿，等到他回来时，他非常抱歉。“是我的错，不关瓷儿的事。”他说。因为只有专家才能辨认出天鹅的雌雄，在瓷儿六个月大时，他为瓷儿辨明了性别，证实了埃塞尔夫妇的猜测，认为这是只雌性小天鹅。“但是并非如此，”他现在说道，“瓷儿是位先生。”

他们给罗德岛的一位饲养者打了个电话，得知有一只四岁大的雌天鹅刚刚失去了自己的伴侣。因为天鹅的伴侣都是终生的，所以这一次不光是要看瓷儿能否接受一位新来者了，还要看这位新来者是否能接受一位新伴侣。只是因为这只雌天鹅还年轻，所以看起来还值得一试。埃塞尔和弗兰克又一次开了八十英里的路，到机场把用板条箱装在飞机里托运来的天鹅接了回来。

等他们回到家把这只可爱、安静的鸟儿放到水中的时候天色已晚。很快它就脱离了他们的视线，但是弗兰克和埃塞尔还是在池塘边徘徊着，他的胳膊搂着她的腰，她的头靠在他的肩头。那是一个温暖的夜晚，晚风徐徐，月光在池塘上映下了一条波光粼粼的道路。弗兰克抓紧了埃塞尔。“快看。”他轻声说。两只银色的天鹅迎着月光游来，水中的倒影美得如同瓷器一般。微风轻柔地将它们吹向彼此。等到它们碰触到彼此的时候，瓷儿轻轻地用它的喙上下梳理着这位新来者的脖颈。过了一会儿，雌天鹅也用同样的方式回复了它的爱抚。

埃塞尔常常回想起这一切——那一刻，那天晚上。现在弗兰克已经不在了，她看着瓷儿，回想着当年她和弗兰克是多么的幸福。她为瓷儿高兴，因为它也找到了她与弗兰克曾经拥有过的那份甜美和亲密的感情。她只希望这只长大了的小天鹅能够像他们一样，把这份甜美和亲密长长久久、亲亲热热地保持下去。

学会走路的鹅

“你那边有一只病鹅。”在他们朝他的车走去时，吉恩·弗莱明对他妻子的妹妹评论说。他来到比莉·舒克在内布拉斯加州哈佛地区的农场是为了给自己的池塘挑几只鸭子，就在这里，他注意到有一只鹅不断地在摔跤。

比莉看都没看，“不，那是安迪，”她说，“它出生时就没有脚。”

弗莱明把那些鸭子放到自己的小货车上，然后去看了看那只残疾的鹅。“你是个有种的家伙。”当安迪用力地拍打着翅膀想要跑开时，他这么对它说。这只灰色的鹅看起来活像一个第一次踩上高跷的小男孩。它的双腿细得像树枝，最底端的地方形成了两个银元大小的肉瘤。安迪唯一能够保持直立的方法就是尽快地跑动，直到势头过大向前跌倒在地为止。它现在跌倒了，吉恩伸手去梳理它的羽毛。因为鹅通常是易怒的生物，所以吉恩以为自己的手会被狠狠地啄一下，但是安迪在他的抚摸下显得很安静。

吉恩在返回自己在黑斯廷斯那九十一英亩大的农场的路上时不断地想起那只残疾的鹅。当安迪绝望地倒在地上，胸口糊着泥巴时，那双明亮的眼睛中是否闪过了一丝乞求？吉恩想到自己是一名圣地兄弟会的会员，而兄弟会的会员是致力于帮助残疾儿童的。“那只鹅就像一个小孩子一样无助，”他告诉自己说，“我得为它做点儿什么事才成。”

他开始运用自己那擅长发明创造的大脑，正如几年前在另一件事上那样。那一次他的同情对象是饱受虫咬折磨的奶牛，他发明了一种装置，让奶牛可以在上面摩擦抓痒，痒的地方可以被抹上一点杀虫剂和润肤油。他管它叫做 Rol-Oyl 牛群加油器，而他的公司，内布拉斯加州黑斯廷斯弗莱明制造公司在那个时候制作并售出了四十多万份这种装置。

等到他一回到黑斯廷斯，吉恩就给比莉打了个电话。“比莉，”他说，“把那只没有脚的鹅交给我怎么样？它在我的池塘里可以游泳，比试着靠那两根棍子走路好多了。”

比莉·舒克拒绝了。“我是为了感恩节晚餐才把它留下的，”她说，“再说了，尽管它因为无法站起来而不能交配，但波莉还是它的妻子，我是不会把它们分开的。”

“我会把波莉一块带上的。”吉恩提议说。然而比莉还是说不行。最后，吉恩提出用两只蓝眼睛的波美拉尼亚鹅来交换它们两个。比莉接受了这一提议，但是说他一定是疯了，居然用两只名贵的鹅来换一只没有脚的灰鹅。

吉恩把安迪和波莉接了过来，放到了他的池塘里。波莉优雅地游了开来，安迪挣扎着想要追上它，两只没有脚的长腿蹬得像打蛋器一样快，结果却只搅起了一团淤泥。吉恩把它抱出了池塘。“好吧，小伙子，”他说，“让我看看我能帮你做点啥。”

吉恩把它放回了池塘，观察着安迪的长腿。他没有注意到波莉已经爬了出来。波莉冲向他，叼着他的裤子，猛烈地拉扯着。“没关系的，波莉，如果可以的话我会帮助它的。”吉恩向它保证说。但是波莉打定了主意要保护安迪。“你被放逐了，小姑娘，”吉恩下令道，“在我帮助你老公站起来之前，你得闪到一边去。”他从比莉·舒克那里得知，去年春天波莉在蛋上坐了好几周，却一直没有孵出宝宝来，最后它抚养了一群鸭子。“你耐心点儿，”他一边发出嘘声把它赶到一个小棚子里一边说，“只要一点点运气，我就能给你一个像样的丈夫。”

鞋子，吉恩认为安迪需要的是某种鞋子。吉恩到镇上去买了一双零号的白色羽毛婴儿鞋。当吉恩把鞋子套到它的肉瘤上，系好鞋带，打了个蝴蝶结时，安迪一直很有耐心，几乎将人骗了过去。接下来，这只鹅弯下身子，用喙把蝴蝶结给解开了，把双腿给放了出来。吉恩搞了点儿胶水来把蝴蝶结给黏到了鞋子上。安迪跌到了池塘里，把一只鞋给踢掉了，用另一只鞋划着水，打着圈地开始游泳，直到吉恩把它捞上来为止。

吉恩一点一点地做着实验，终于搞清楚了安迪到底需要什么。安迪的左脚上有一点点脚跟，但右脚上则什么也没有，而且它的右腿向上翘着。吉恩把海绵橡胶放在了安迪右脚鞋子的外面和左脚鞋子的顶上，这样一来两只脚底就都能够平放到地面上了。鞋子的脚趾部分放了更多的海绵和橡胶。他把右脚鞋子的后面给剪掉了，这样一来上翘的腿就能伸进去了，然后又在鞋底上钻了些小洞，这样一来水就可以流出来了。

与此同时，安迪的生活正因为两只大白鹅而变得苦不堪言。这两只鹅认为它们的工作就是在这片农场中巡逻。它们有着敏锐的听觉和洪亮的叫声，曾经吓跑过想要用小鸭子做晚餐的丛林狼、浣熊和负鼠。但它们认为一只没办法昂首阔步的鹅同样也是一名不速之客，于是攻击着安迪，啄着它的腿和翅膀，搞得它只能缩在角落里。“别介意，安迪，”吉恩跟它说，“总有一天你会给它们点儿颜色看看的。”

等到鞋子准备好之后，吉恩把白色的小袜子套在了安迪的肉瘤上，把那双经过了大量改装的鞋子紧紧地绑在它的脚踝上，然后用胶水把蝴蝶结给黏了起来。他把安迪放到地上去。这只鹅无助地瘫在了地上。它似乎觉得自己腿上沾了泥巴，接下来的三天里一直在往后踢，试图把鞋子给踢掉。鉴于没有办法摆脱它们，它只好前胸着地，用鞋尖推着自己在地上走。吉恩考虑过要不要给它搞一个滑板，但他决定还是先试着教安迪来走路。

他把一条牵狗皮带套在这只鹅的身体上，像遛狗一样用皮带牵着它。“你现在已经有脚趾了，安迪。把劲放在它们上面，迈一步。”他一遍又一遍地拉着安迪用它的新脚掌站立。“加油，安迪，如果你认为自己可以的话，你就可以走路。你只要相信自己可以就行了。”

三个小时过去了，吉恩依旧保持着耐心。“你可以做到的，安迪。我知道你可以的。”突然之间，安迪像婴儿一样迈了一步。这一步还不足四英寸远，但那毕竟是一步。“就是这样，安迪！”吉恩欣喜若狂，“你学会了。再来一次，把劲儿放在你的脚趾上。再来一次，好样的！你在走路了！”

安迪在农场里缓慢地行进着，像一个垫尿布的胖娃娃一样摇摇晃晃的。吉恩松开了皮绳，安迪晃动了一下，但依旧保持着直立。它看着吉恩。“你做到了。”吉恩祝贺它道。安迪仿佛听懂了一般，伸了伸脖子，高高地扬着头，兴高采烈地叫了起来。它比过去的自己高了六英寸。

安迪的脚踝很僵硬，因为它从来没有机会使用它们，这让它走起路来蹒跚得活像一名醉汉。但是它稳稳地站在地面上，并且经过了几天的练习之后，它已经可以在农场里昂首阔步了。吉恩把波莉从小棚子里放了出来，让它过来看看自己的伴侣。它大步径直走向安迪，盯着它那白色的新鞋。“你觉得怎么样，波莉？”吉恩问它说。它摇了一下头，愤然离去，仿佛在说“它是只傻鹅”。一阵可怕的叫声突然传来。那两只大白鹅正在朝波莉和安迪逼近。波莉慌乱地扑闪了一阵翅膀，躲到了池塘里，但是安迪却坚守着自己的阵地。它踮起它那双新鞋的脚尖，翅膀朝空中击打着，吓退了那两只鹅。接下来，它迈步走到池塘边，下到水中。安迪的双腿伸在身后，双“脚”协调地踢动着，如同一艘汽船一般一路向前。很快，它就游过了波莉，然后转过身来骄傲地在它周围转着圈。

鞋子的主意是成功了，但是鞋子通常一个月左右就被磨坏了。鉴于一双鞋子要花 12.99 美元，而一只鹅的生命期限通常为三十年，吉恩算了一下，除非他能找到一种替代品，否则他要花差不多 5000 美元来维持安迪进行站立。他又到镇上去了一趟，这一次他拿回了一双耐克的运动鞋。它们非常合适，同时也更加耐用。

吉恩·弗莱明为一只鹅买婴儿鞋的消息很快在黑斯廷斯地区传开了。当地的报纸登了一张安迪穿着它的运动鞋高高站着的照片，还有一名老师问吉恩他能不能把安迪带到学校去给孩子们看一看。“除非，”她清楚鹅类的性情，“你觉得它会啄他们。”

“安迪不会的，”吉恩自信地说，“它喜欢人。”吉恩开始着手布置一个笼子，让安迪可以将头露在外面，它被舒适地装在里面运过去，然后又给它买了一条新的红色牵带和皮绳，录了一段波莉的叫声，接下来他们就动身前往学校了。

安迪在教室里大步来回走着，炫耀着自己走得有多好。当吉恩播放波莉的声音时，它抬起头，高兴地叫起来。孩子们很喜欢它，而安迪也不介意他们围成一团来抚摸它。

这次访问大获成功，于是吉恩带着安迪把黑斯廷斯地区的每一所学校都给跑遍了，并且开始接受附近城镇的邀请。“为我们的同类，不管是人类还是动物，做出什么大贡献的机会其实并不太多。”吉恩告诉孩子们说，“但是睁大眼睛，留意你能做的那些小事，因为有时候小事可以带来巨大的改变，就像鞋子为安迪带来的改变一样。”

安迪拜访之后，吉恩从孩子们那里收到的信件表示他们懂得了这一点。“如果我发现什么痛苦的事情的话，”一个小男孩写道，“我会尝试帮助他的，就像你帮助安迪那样子。”但是吉恩更珍视一位二年级小姑娘写来的情人节贺卡。“安迪是我的情人，”她在一颗大大的红色心形卡片上写道，“但是我更爱吉恩，因为是他让安迪可以大步走路的。”

“真有趣，坏事常常会变成好事，是不是，安迪？”有时候将鹅载在他旁边的座位上开车回家时，吉恩常常会陷入沉思。“有些事让人感觉天都要塌了，好比说你生下来就没有脚，但最后这些事却变成了大好事。其他鹅哪里有机会穿上运动鞋去学校，成为美国商会的荣誉会员，让老鹰乐队给它办一场生日派对呢？”他伸手去抚平安迪身上被笼子弄乱的羽毛，而安迪则轻轻地用嘴巴拧一拧吉恩的袖子。安迪是否眨了眨或者挤了一下它那双明亮的眼睛？吉恩一直不太确定，但为了以防万一，他总是会对着它回眨一下眼睛。

你要怎么责打鸭子？

How do you spank a duck

凯伊·舍伍德从没见过这么脏的两只鸭子，它们正从距离她的屋子只有一条马路的干草场中的一个泥潭里喝水。每次当它们仰起头好让水流进喉咙的时候，水都会顺着它们的脖子流下来。凯伊来到前花园是为了给餐桌采点儿六月玫瑰，而当鸭子们看到她时，它们决定看看她会不会给它们东西吃，于是一摇一摆地走过了马路。凯伊发出嘘声把它们给赶走了。凯伊非常热爱园艺，她才不希望让两只有着扁扁脚掌的鸭子践踏她的花床呢！

第二天早上，当她在准备早餐时，她往窗外看了一眼，那两只鸭子正在她的覆盆子花圃中狼吞虎咽地吞食着最红最熟的果实。抓起一柄炖锅和一把漏勺，凯伊急匆匆地出了后门，弄出巨大的哐啷哐啷的声音。两只鸭子迅速退了几步，然后觉得她只是在虚张声势，于是又缓慢地迈着坚定的步伐走回了覆盆子花圃。凯伊吹了声口哨，召唤她的狗。狗疯狂地叫着，在草坪上一步步地慢慢后退着，而鸭子们则步步逼近，发出嘶嘶的声音，来势汹汹地晃着脑袋。很显然，为了摆脱这两只鸭子，凯伊只能使用策略，而不是武力。她从屋子里拿了一盒咸脆饼干，一边走一边撒着碎饼干，引着鸭子们顺着房子走着，穿过了马路，回到了干草场上。

这让它们两个学到了一课。不幸的是，它们学到的并不是离覆盆子花圃远远的，而是假装对其发起攻势，这样一来凯伊就会带着饼干从厨房门口冲出来喂它们吃。凯伊不得不承认，这一轮是它们赢了，但是她下定决心不会被引诱到跟它们成为朋友。她也绝对不会让它们待在她的萱草花床上，只因为它们觉得那里够阴凉，方便它们紧紧地盯着后门廊等着她出来。

问题在于……你要怎么责打鸭子呢?

鸭子们占据了萱草花床，并且无论何时只要凯伊一走出屋子，它们都会庄重地站起身来，拼命地迅速挪动着它们那带蹼的双脚，摇摇摆摆地向她走来。有一天，在看着它们走过来时，凯伊不禁大笑了起来，因为它们走得急匆匆几乎要摔倒，但又一本正经得活像老贵妇一般，这简直像极了她的两位德高望重的姑奶奶。鸭子们又赢了一轮，它们现在有名字了——菲丽斯和安妮。

但是哪一只要叫做安妮，哪一只要叫做菲丽斯呢？它们两个几乎没有一丁点儿差别，都有着深红色的喙，小小的明亮的眼睛，整体大小和形状也差不多。凯伊唯一能够确定的是，有一只身上沾的泥巴总是明显要比另一只多一点儿，所以它就被唤做了脏安妮，而菲丽斯则很快变成了菲利普，因为当凯伊不再假装自己对这两名冒昧的客人没有产生疯狂的喜爱之后，她伸出手来摸了摸安妮那被羽毛覆盖的脖子。菲利普停止了进食，狠狠地瞪了她一眼，发出了嘶嘶的声音。“啊，它是属于你的，是吗？”凯伊说，她猛地意识到它们是理所当然的一对。

一旦意识到这一点以后，凯伊开始注意到它们之间的行为差异。当它们穿过马路，跨过田野，走入河水的时候，菲利普总是担任主导地位，而脏安妮则更加亲近人。它会为了吃凯伊手里的一块饼干而站到她脚上；它会在凯伊采摘覆盆子时紧紧地跟在她身后，并且当凯伊没有及时跟它们分享果实时，狠狠地扯一下她的牛仔裤；它在有客人要来喝一杯时，把凯伊放在露台桌子上的四分之一磅布里干酪给吃掉了。凯伊之所以知道这是安妮做的，是因为它把包装纸套到了脖子上，活像戴了一圈皱领一样；同样的，扑打着翅膀跳到同一张露台矮桌上，从铺着花砖的桌面上一路滑下来，扑通一下落到凯伊的腿上睡午觉的也是安妮——这让凯伊原谅了它所有越轨行为。

凯伊对这两只鸭子了解得越多，就发现它们越矛盾。它们有翅膀，但是从来也不飞；它们脚上有蹼，但却不怎么游泳（菲利普每天去河里游一次泳，但是脏安妮却几乎不怎么靠近水）；它们形影不离，但似乎很愿意为了抢一块饼干而重创对方；它们是鸭子，但从来也不嘎嘎叫；它们手无寸铁，但却无所畏惧；它们无比独立，但却会跟着凯伊到处走。

白天它们最大的乐趣是等她给花园除草。在她工作时，它们就在一旁密切关注着，当她发现了什么小虫子或者甲虫时，它们就会立刻把它吞下去。如果她发现的是条蚯蚓的话，那他们三个就会开始争抢。凯伊要为了花园留住它，鸭子们则要把它从地上生扯过来。凯伊很少赢，她通常会因为多管闲事而被狠狠地啄几下手指。

尽管它们的白天是在凯伊的屋子里度过的，晚上安妮和菲利普却会在河岸的一个洞穴里睡觉。早上的时候它们会穿过马路，绕过房子，在厨房台阶下来回巡查，直到早餐被送来为止。接近傍晚的时候，它们会穿过马路来到河边好让菲利普去游泳，然后在晚餐时分再回到屋子这边。出于某些凯伊没能参透的原因，它们认为晚饭和早饭不一样，晚饭应该是从前门送出来的，于是它们待在门廊的台阶下等着它的出现。如果送餐时间延误了的话，脏安妮会试着往台阶上爬。它把一只带蹼的脚拍在台阶边缘,然后脚下一滑，摔了个狗吃屎。最后，它猛地扑扇了一阵翅膀，爬了上来，然后大步走到纱门那儿，用嘴巴坚定地在上面敲击着，目光炯炯地看向昏暗的屋内，直到凯伊带着面包片和一把莴笋叶子出来为止。

它们的日程是如此的一成不变，所以当有一天黄昏它们没有出现时，凯伊开始有些担心了。她顺着马路走着，沿路呼唤着它们的名字。最后她看到了一片白色然后飞奔了过去，心里很怕是它们中的哪一个或者干脆两个都被车给撞了。脏安妮独自站在河岸上，当它看到凯伊时，它开始上下晃动着脑袋——这是它表达忧虑的信号。凯伊朝它奔了过去，然后看到了菲利普。它在河里，靠近另一边的河岸。在凯伊还在犹豫的时候，它狠命地拍打了一下翅膀，无力地沉了下去。它很快就要淹死了。

凯伊一下子跳到了河里，衣服、鞋子和腕表什么都没来得及脱。她半游半蹚地过去，伸手够住菲利普，把它抓起放到了自己的怀中。这会儿她看明白出了什么事了。它不只是像她猜想中的那样被水下的树枝困住了，一只脚掌还被牢牢地夹在了麝鼠捕捉器的锯齿状夹子里。

等到她刚一把它放出来，菲利普就径直朝脏安妮游了过去。它们在岸边面对面站着，一遍又一遍地朝对方上下摆动着脑袋，看起来很像菲利普在表达它获救后的欣喜，而脏安妮则在责备说："我告诉过你不要接近水的。"

此后不久就轮到菲利普去救脏安妮了。一天深夜，凯伊走到门廊召唤着狗。响应她召唤的是一只西伯利亚雪橇犬的小狗崽，很显然它迷路了，并且因为找到了能让它进屋子的人而欣喜若狂。第二天早上当凯伊出门喂鸭子的时候，这只小狗崽从门口跟着她跌跌撞撞地跑了出来，在她还没来得及阻止它之前就开始追着这两只鸭子跑了。菲利普和脏安妮朝两个不同方向逃开了。

狗崽疯狂地吠叫着，堵住了脏安妮的路。菲利普停了下来，留意到了脏安妮的困境，迅速摇摇摆摆地跑了回来。它踟蹰了一阵子，看了看不断晃动着身体、狂叫的狗，然后想出了一个主意。它猛地扇了一下翅膀，跳到了狗崽的背上，朝它的头啄去。狗崽大叫着跑开了。菲利普尽可能多地在它背上待了一阵子，然后当它落下来时，它展开了翅膀，踮起脚尖进行追击。

凯伊本以为溺水这件事会让菲利普对这条河产生阴影，但是等到夏天开始热得令人窒息时，她带了一条充气排筏在河水上漂浮着，狗在她周围游着泳时，菲利普加入了他们的行列，懒洋洋地在顺水漂流的气筏周围打着转。岸上时不时地会传来一阵窸窸窣窣的响动，脏安妮会把头从高高的野草中探出来，监视他们的进展，但是什么都没办法把它引诱到水里来。

随着八月的结束和九月的到来，凯伊越来越担心脏安妮和菲利普该如何度过即将到来的冬天。很快她就只会在周末的时候到乡下来了。它们是不是已经开始依赖由她来喂它们啦？它们靠自己能活下来吗？她决定还是不要冒这个险了。她要把它们放到车子里，带到村子里去。那里的人们喂了一群河里的野鸭，脏安妮和菲利普可以加入到那群鸭子里，那样就肯定有足够的东西吃了。

在一个晴朗的上午，她往一个饼盘里装满了小块的面包，又往腋下塞了两个枕头套。趁这两只鸭子在忙着吃东西的时候，她试着把一个枕套罩到了安妮的头上。安妮惊慌地大叫起来，菲利普朝凯伊冲了过来,准备开咬。凯伊放弃了这个计划。她拿了些木板，把它们搭成一道斜坡一直通到车里，然后在上面撒了些面包屑。两只鸭子用嘴巴啄着木板，一边快步走着一边吞食着面包屑。凯伊最后的打算是在车上放上一大块面包，车门大敞着。脏安妮和菲利普上下晃动着脑袋，征询了一下彼此的意见，然后走到萱草花床上睡觉了。

好吧，她要去缅因州了。它们得自力更生地过十天，她要看看它们这段时间会过得怎么样。当她回来时已经是晚上了。她顺着河走着，看到了它们。它们正睡在它们惯常待的地方，白色的羽毛在黑暗中熠熠生辉。

第二天早上，两只鸭子按照以往的时间来到厨房门口等着吃早餐。凯伊匆匆地出来喂它们，脏安妮站在她的脚上，拼命想得到更多的食物,就像往常一样。它们监督了花园中的最后一次除草，就像往常一样。安妮扑到凯伊腿上睡午觉，就像往常一样。看着她脖子上那美丽的羽饰，凯伊心想为什么她之前从来没听人说起，也没读到过任何材料说鸭子可以成为极佳的伴侣——这个问题在这个夏天她已经想了无数遍了。菲利普和脏安妮跟其他任何动物一样聪明，同时它们还具有极度敏锐的视觉和听觉——屋里屋外的任何事物都逃不过它们的注意。另外，它们还跟狗一样友善，同时还可以起到看门的作用，因为一旦有人接近，它们就会站起来，拍打着翅膀。

鉴于当凯伊不在的时候它们生活得那么好，因此当她下一周回到城里去的时候一点儿也没有担心它们，并且当她周五深夜回来的时候，她也没有去检查黑暗中是否有那么一团白色。周六早上她把狗放了出去，觉得这可以让它们知道能过来吃早餐了。但是一直等到九点钟都过去了，那两只鸭子还是没有出现。十点钟的时候，凯伊开始出门找它们。它们不在田野上，也不在河边。

她那一天又找了两次，一直快要到黄昏的时候才看到了它们。它们在路上较远的地方。当她走到它们可以听得到她声音的地方时，她呼唤着它们的名字。它们并没有回头。当她越走越近时，它们开始不安地挪动。她拿出一块饼干，它们往后退了退。它们怕她。

整个周日以及接下来的那个周末，凯伊都在观察着、期盼着，但是它们没有到房子这边来。她每天给它们送两次食物，但它们不肯从她手里吃，也不肯让她靠近。它们看起来明显很忧虑，凯伊不想再增添它们的痛苦，于是她会把食物放到地上，然后走开。

每一次当她经过它们过去在河岸睡觉的地方时，她都会提醒自己一定要把渔民留下来的垃圾清掉。最后她终于记得带了个垃圾袋过来，在清理完苏打水罐、三明治包装纸以及诱饵瓶之后，她又往前走了几步，那片纠结的野草上粘着白色的羽毛，鸭窝里布满了碎玻璃。有人把绿色的啤酒瓶砸碎了撒在那边，玻璃瓶的颜色混在草里很难区分。她不得不回去取了一双手套和一柄耙子才彻底把那片区域清理干净。

那天晚上菲利普和脏安妮回到了它们的窝里。凯伊确信，一旦它们战胜了恐惧，他们就还可以成为朋友。但是让她惊恐的是，接下来的那个周末当她回来的时候，她发现前院里到处都是羽毛。那些毛并不是鸭子们通常会自然脱落的绒毛，而是翅膀和尾巴上的大片羽毛。是狐狸、浣熊，还是猫？

她搜寻着它们的身影，正在这时，一辆车停了下来。“在找那两只鸭子吗？”一位邻居问道，“一位住在山路上的夫人让它们住到了她的车库里，因为有些孩子拔光了它们的大部分羽毛。”

凯伊往山上跑了几次，去看菲利普和安妮过得怎么样。但是从来也没有人在家，并且两只大大的德国牧羊犬挡着她无法接近车库。接下来随着冬天的结束，她又住回了她的那栋屋子。春天里的一天，她沿着山路开着车，看到了那位收容了那两只耙过她前草坪的鸭子的女人。凯伊停了下来，问她是否还养着那两只鸭子。

“它们几周之前出去了，”那个女人说，“但是孩子们看到过它们回到树林里来。”她引着凯伊走过一片原野，进入一片有一条小溪流过的小树林。脏安妮就在那儿。凯伊呼唤着它的名字，安妮朝她走了过来。“你想把它要回去吗？”那个女人问道，“我让我丈夫把它送下去。”

那天剩下的时间和第二天凯伊都在寻找菲利普，但却没有找到它的任何踪迹。当脏安妮被装在一个大硬纸箱里送过来之后，凯伊把它带到了她的土地后面沿着河边但远离公路的地方，希望它能在那儿找个不会被人看到的地方筑窝。

从箱子里被放出来之后，安妮不安地挪动着双脚，眼睛直盯着河水。突然之间它下定了决心，笨拙地飞到了空中，然后扑通一声落到了河里，水花四溅。它在那儿兴高采烈地洗了个澡。很明显，就连脏安妮也无法忍受一整个冬天都不洗澡。当它重新变得雪白雪白的时候，它爬上岸来。在接下来的两小时里，当凯伊来来回回地搜寻着菲利普的时候，它都在一旁梳理着自己的羽毛。

当一切就绪之后，安妮站了起来，凝视着河流。凯伊给了它一些饼干，它心不在焉地吞了下去。接下来，仿佛做出了什么决定一般，它又一次冲进了水中。水流裹住了它，把它朝下游冲去。它跨过了礁石，经过了桥底，它有力地摆动着双脚，来到了它和菲利普上个夏天筑窝的地方。它爬上了河岸,在那个洞穴里安顿了下来。

它一直待在那里。失去了菲利普的陪伴之后的孤单让凯伊为它倍感心疼，另外有时候她也会想安妮是不是把这个怪到了自己头上，因为它不再像过去那样快乐了。当凯伊给它喂食物的时候，它会打着圈靠近她，啄着她的脚。有一天它朝她冲了过来。当它确定自己已经把她赶走了之后，它走到了洞穴旁边的一处灌木丛里，抖了抖羽毛，小心翼翼地安顿了下来。凯伊悄悄地溜近，从灌木丛之间的缝隙中望过去，脏安妮正坐在一个新窝上。

凯伊已经不再抱着希望认为菲利普还活着了。但是现在她的心提了起来。脏安妮会抚养它们的小鸭子，在六月的某一天，当凯伊从她的花园里抬头看的时候，看到脏安妮大步穿过马路。它的小鸭子们在它的身后排成一道长队，急急忙忙地想要跟上它。凯伊确定它们会径直朝她的覆盆子走来的。等她下一次去商店的时候，她一定得记得多储备一点儿饼干。

一头喜欢人的猪

The pig who loved people

贝蒂和唐·艾迪在纽约市约翰斯敦家中的电话响了，一位朋友打电话来问他们想不想要一头迷你猪。

“它叫培根勋爵。它四个月大，比所有的狗都要聪明。”这位朋友告诉唐说，“它喜欢人，贝蒂整天都待在家里，我想她可能会喜欢有个伴儿。”

整整一年来贝蒂都为广场恐惧症所扰，这是一种对开阔空间和人群的恐惧，很显然是由工作上的压力引起的，而唐对此束手无策。尽管后来贝蒂辞掉了工作，开始在家里做独立会计师，但只要一去当地的商场，她就会被一种焦躁感所困扰。现在只要唐不在身边的时候她就坚决不出门。

当唐告诉她有朋友想把这头猪送给他们的时候，贝蒂摇了摇头。“考虑一下吧，”唐劝告说，“有只宠物对你来说可能还不错。”

贝蒂想起她为了治疗自己的病症而查阅的心理学书籍里，有一本提到照顾另一个生物可以增强一个人的内心力量，但是一头猪能够对她的精神有什么帮助呢？

“好吧，”她不情愿地说，“我想如果我们不想要它的话，至少还可以把它送给一位农民。”

当培根勋爵到来的时候，他们发现它有十四英寸高，二十四英寸长，重四十五磅，长得像个放在支架上的饮料桶一样。当唐看到它的时候，他大笑了起来："这个鼻子看起来很像是它以九十英里的时速撞到了墙上！"贝蒂评价说："我的旧梳子上的猪毛长得都比它的好看。"

笼子被打开了，培根勋爵摇着尾巴小步跑了出来。它环顾了一下四周，然后朝贝蒂走了过去。她蹲下来迎接它。它用后腿把自己支起来，把头放到她的肩膀上，用它那坚韧的鼻子亲了一下她的脸颊。很长时间以来贝蒂第一次微笑了。

这头小猪到处乱跑着，在这栋房子里到处摸索。它用它那肥肥的屁股坐着，讨要好吃的。当唐把它抱到大腿上时，它小心地嚼着他的胡子。唐或者贝蒂吹一声口哨，小猪就会来到他们身边。该上床睡觉的时候，它试图跟着他们到楼上去，但因为肚子太大了它爬不动台阶，于是贝蒂给它在厨房里做了一张床，然后坐在地板上抚摸着它。"没事的，培根勋爵，我们早上就会下来的。"她保证说。

第二天早上，贝蒂不再因为要面对新的一天而感到恐惧了，反而非常迫切地想要看到她的新宠物。培根勋爵急匆匆地跑过来迎接她，在她的腿上来回蹭着，这种感觉就像是用百洁布来做按摩一样。从那时起，贝蒂的腿上就注定总要有一块红红的爱的印记了。

早餐过后，小猪跟着贝蒂去了她在家中用来准备纳税申报单的办公室，待在她的办公桌旁。贝蒂发现，当她变得急躁的时候，如果她伸手到下面逗弄一下培根勋爵，再说上几句话，她就会变得平静一些。很明显，小猪的白天要在这间办公室里度过了，于是唐买了一个给狗用的床带回家，放在贝蒂的桌子旁边。培根勋爵看了看它，觉得如果做一些改装的话，它还是相当不错的。它用上了它的蹄子，把格子呢做的垫子给扯开了，掏空了里面的填充物，然后爬到了套子中间，一副心满意足的样子。

晚上，当贝蒂和唐拉过扶手椅来看电视的时候，这头小猪也会用鼻子拱一张椅子过来，坐在椅子前面的地板上，注视着屏幕上的人影，头从一边到另一边来回晃动着。他们很快发现它不喜欢太响的声音，所以他们一直保持着较低的音量。在贝蒂的办公室里，电话挂在她桌子旁边的一根杆子上，培根勋爵发现当贝蒂把电话接起来的时候铃声就不再响了。如果贝蒂当下不在，无法立刻应答的时候，它就会把听筒从电话上拉下来，站在上面，对着听筒发出呼噜呼噜的声音。

“我真想知道我的客户们会怎么想。”贝蒂心想。她觉得既好笑又有一点尴尬，因为她的客户们可能会以为发出这种呼噜呼噜声的是她。

一位上门来查看他的纳税申报单的客户被她的宠物给迷住了，于是他问能不能带他的孩子们来见见它。很快其他孩子也会路过来看看培根勋爵。他们觉得对这么一头友善的猪来说这个名字有些太严肃了,所以孩子们开始管它叫猪猪。这个名字被保留了下来,从此以后它就叫猪猪了。

一开始当好几个人涌入她的办公室时，贝蒂觉得她开始变得有些紧张了。但是她很快就意识到他们的注意力全放在这头猪上面了，不会去太多地关注她，于是她放松了下来，开始享受这种愉快的氛围。

“现在下班回家变得很有趣了,”唐告诉贝蒂说,“你说的第一句话就是‘你猜猪猪今天做了什么，它把毯子从床上扯下来了。’或者什么其他的东西，然后我们就开始哈哈大笑，这种感觉就像是我们才刚结婚时一样。”

“今天早上它把我锁在门外时可不怎么有趣。”贝蒂抱怨道。但她并没有真的很生气。猪猪在跟着贝蒂从房子里走进走出的时候，曾经见过她进来以后把门关上，于是下一次当它进来时它也关上了门。但唯一的问题在于，门被锁上了，而贝蒂却仍在外面。幸好后院还有一把备用钥匙。

猪猪是个高超的模仿者，贝蒂发现它能够模仿她做的所有事情。如果她摇摇头，猪猪也会摇摇脑袋。如果她转个圈，猪猪也会跟着做。很快贝蒂就开始教授它一些很少有狗能够学会的小戏法了。她的父亲试图劝说她带猪猪去参加一个老年人的聚会，给他们取乐。贝蒂不答应。“猪猪会跑得像风一样快，像足球队员那样声东击西。”她说，“如果它从我身边跑开了的话，我抓不住它的，而且我又不能拿皮绳拴着它，因为它会牢牢地站住不肯走。我看起来会很傻的，不是吗，一个成年女子扯着一头猪？”

第二天傍晚，唐回家的时候带回来一个婴儿推车。“这是干什么用的？”贝蒂质问说。

“这是个小猪推车，这样一来你就可以带猪猪去参加那些老年人的聚会了。”他把猪猪抱进推车里，猪猪在里面端坐着，肩膀上披着毛毯，头上戴着一个绿色的遮阳帽。很明显，猪猪很喜欢唐推着它到处走，于是贝蒂同意带它去见那些老年人了。

当她把车开到那座楼前时，她的神经开始紧绷。她关掉发动机，坐在车里颤抖着。她抚摸着系着安全带坐在她旁边的猪猪，感觉平静了一些。“我必须战胜自己的恐惧，”她告诉自己说，“我后面的人生不能都在恐惧中度过。”她挣扎着下了车，把猪猪放到小猪推车里，推着它走进了那栋大楼。

老人们被迷住了。“那是什么？”他们问道。贝蒂把猪猪抱到地板上。它立刻找到了在场最老的老太太，小步跑到她身边，用鼻子磨蹭着她的脸庞。老人们大笑起来，聚到一起来逗弄它。贝蒂回答着他们的问题，一开始她还有些迟疑不决，后来就开始充满热忱了。她告诉这些老人说猪比狗要聪明,并且比狗要干净两倍。“猪猪最喜欢我把它放到浴缸里用力擦身子了。”为了显示它有多聪明，她把猪猪喊过来，跟它说它是一头小帅猪。猪猪趾高气扬地四处走着。接下来她指责它过于贪心了，猪猪羞愧地低下了头，另外还把舌头伸到了外面。它的观众们大笑起来，为它喝彩。

关于这头聪明的猪的消息传了开来，不久贝蒂和猪猪就开始参加唐所谓的“猪猪秀”了。在一家养老院里，贝蒂推着猪猪一个房间一个房间地探望病人。在一个房间里，一位老太太正坐在那里盯着自己放在腿上握在一起的双手。突然之间，她抬起了头，脸上的皱纹挤在一起，露出了笑意。她伸出双手，然后双臂环绕抱住了自己。一名助手悄声告诉贝蒂说，这个女人自从几个月前她的丈夫去世之后就再也没有笑过，没有说过话，也没有对任何事物表现出兴趣。“怎么啦？”贝蒂问道,“你想抱抱它吗？”当贝蒂抱起猪猪，把它递给那名老太太去爱抚时，猪猪一动也没动，它的耳朵立着，嘴巴上扬像是在咧着嘴笑。

后面在他们来访时，猪猪坐在小猪推车上才刚一进入大门就会有人大喊道：“猪猪来啦！”大厅里马上会出现一阵骚乱——轮椅的咯吱咯吱声，走路的人的啪哒啪哒声，穿着拖鞋的脚的拖拉声——住客们都急着要跟它说话，爱抚它。当贝蒂看到越来越多的病人时，她就越来越少地想到自己的病症。“我曾经恨自己，”她对唐说道，“但现在我开始每天都感谢上帝让我成为自己。猪猪正让我逐渐恢复。”

贝蒂想到猪猪可以向学校里的孩子们传达一些讯息，于是她开始把它带到教室里去。她邀请孩子们问猪猪它会不会去吸毒。猪猪重重地摇着头，同时带着对这个想法的厌恶发出了咕噜咕噜的声音，鼻子里还喷着气。问它会不会待在学校里好好学习时，猪猪弓低了身子，严肃地点着头。孩子们想知道猪猪都爱吃些什么。“当然是狗饼干了，”贝蒂告诉他们说，“还有豆子、玉米、胡萝卜、苹果和零食。但是猪猪最爱的两种东西是爆米花和冰淇淋。在DQ里给它单点一份属于它的冰淇淋，它会规规矩矩地从勺子里吃得干干净净。”

孩子们对猪猪的评价各种各样，有“它摸起来像个擦锅巾”，也有“它的耳朵很可爱，”以及“它看起来很像我伯伯”。一个小男孩抱着猪猪恋恋不舍地说：“我希望你能跟着我回家。我知道你会喜欢我的。”贝蒂不得不紧紧地抓着猪猪的项圈，防止它跟着男孩跑了。

有时候唐和贝蒂在超市购物的时候，旁边的走道上会传来一个孩子的声音："那是猪爸爸和猪妈妈！" 接着一名尴尬的父母会被拖过来介绍给"猪猪的家人"。

当有陌生人询问猪猪是什么时，唐会回答道："对我们来说，它是一头猪，但是对它自己来说，它是人类。"偶尔他还会引用温斯顿·丘吉尔的话："狗仰视着我们，猫俯视着我们，猪对我们则平等相待。"猪猪会发出呼噜声对此表示赞同。

一年过去了，猪猪和贝蒂一共出席了九十五场公开活动，贝蒂在这些场合中表现得非常稳重得体。七月份的时候，猪猪被邀请去参加富尔顿县老年人的年度野餐。野餐前的那一天天气很热，贝蒂打开了后门。"干吗不出去到你的池塘里凉快凉快呢，猪猪？"她提议说。

猪猪迈着小步跑进了后院，贝蒂继续回去干活了。半个小时之后，有什么东西让她觉得应该去看看它。它正躺在一棵伏牛花的树荫里，那是它最喜欢用来打盹的地方，但贝蒂觉得它看起来平静得不太自然。她走上前去。它已经没有了呼吸。

贝蒂陷入了惊慌之中，她开始大哭起来。"不，我不能这样。猪猪不喜欢大动静。"她走进屋子里打电话让一位朋友过来陪她到唐回家为止。她知道自己能够挺过去。

猪猪死于肺部动脉瘤，但贝蒂对它的死因有自己的解释。"猪猪有一颗那么宽广的心脏，它因为里面盛的爱太多而爆炸了。”她接着说，“它不仅帮助我找回了过去的自己，还照亮了许多其他的生命。它是一名无与伦比的朋友。世上再也不会有第二个猪猪了。”

布巴在哪里？

Where's Bubba?

在德克萨斯州靠近墨西哥边境的灌木丛林区中，之前曾做过马术骑士的布迪·索恩跟他的一名朋友在去抓响尾蛇的路上，突然发现了两个小东西。它们跟兔子差不多大，摇摇晃晃地站在灰尘遍布的小路中间。“它们是什么？”布迪心想。他踩下了刹车，免得从它们身上碾过。

当两个男人从小货车上跳下来后，这些小宝宝开始蹒跚着朝他们走来。它们是那么小，有一个身上还缠着脐带。它们身上布满了跳蚤，因为饥饿而瘦得不成样子。“它们是野猪！”布迪嚷道。他是根据西班牙语发音来发“野猪”这个词的。他在一只旁边跪了下来。“嘿，布巴，你们现在状况很糟是吗？你们的妈妈呢？”

作为一家电力公司的测量员，布迪不时地会碰到几只寻找凤尾兰根的小型野猪。这种野猪举止温和，忠于族群，如果有猎手射中了它们中的哪一头，剩下的野猪都会冒着生命危险守在它身边，所以这两只野猪宝宝居然会落单真是相当罕见的事情。

“它们活不下来的，”布迪说，“如果夜幕降临时它们还没饿死的话，野狼也会把它们吃掉的。”两只野猪宝宝出于饥饿用鼻子蹭着他的靴子。布迪犹疑了。“哦,真见鬼,”他一把把它们抱在怀里说,“我们不能就这么把它们留在这里送命。”

男人们在一家杂货店里买了驱蚤粉、罐装牛奶和奶瓶，他们把这两只小动物弄干净了，然后又喂了它们。尽管这两只野猪宝宝吃了奶后有了点儿力气，但它们还是太小了，根本不能独自生活。布迪又一次思考着该怎么做。也许是因为他的战争经历，因为他在战役中严重受伤时曾祈求过救援，所以他不愿意丢下这些小东西。“你看这样怎么样？你带回去一个，”他向自己的同伴提议说，“我来照顾这个布巴？”

布迪不知道当自己带着一只野猪宝宝回到在科珀斯克里斯蒂市的家里时，妻子帕特西和两个处于青春期的女儿会怎么说。但是他其实根本用不着担心。当他刚一掀开夹克的前襟，布巴那充满信任的棕色眼睛向外望出来的一刻，她们就立刻爱上了这个小生命。“牛奶，”帕特西下令道，“现在就去热牛奶。孩子们，你们以前的玩具马车呢？”

在帕特西加热牛奶的时候，女孩们把布巴放到了垫满毯子的玩具马车里，还放了一只泰迪熊来陪伴它。那天晚上，她们每隔两小时就起来喂它一次。第二天以及此后的数个星期里，她们都会用马车推着它到处走，把它抱在怀里，跟它说话，陪它一起玩。

布巴在关爱和照料下茁壮成长着。很快它就开始跟女孩们一起嬉闹玩耍，躺在地板上跟她们一起看电视了。等到渐渐开始吃固体食物后，它养成了每天早上六点钟就哒哒哒地走到布迪和帕特西的房间里开始拉扯被单的习惯。它不会跳到床上去——被训斥过一次之后它就不再这样做了——但是如果拉被单没能把布迪弄醒的话，这只野猪就开始撞床垫，直到布迪笑出声来，滚下床给它弄早饭为止。

吃过早饭后，布巴就加入了女孩们刷牙的行列。有一天早上，她们为了逗弄它，就把一团牙膏放到了它的鼻子上。布巴很享受这种味道，于是从此以后布巴每天早上都会坐在她们的身边，她们会用一根属于它自己的牙刷刷它的长牙，然后允许它把泡沫吞下去。

训练布巴在纸上大便只用了二十四小时，布迪宣称它比自己之前碰到过的任何狗或者马都要聪明。事实上，当有一天这一家人回到家，发现电视机开着，布巴坐在前面盯着屏幕看时，他宣布说布巴是动物中的奇才。但鉴于后来这种事再也没有发生过，他们一家只好不情愿地得出结论，认为布巴只是不小心撞到了按钮。

索恩家的两个女儿过去参与了四健会的一个项目，养着一只小羊羔卡比。当布巴六个月大时，它住进了卡比在后院的小棚屋里，那里有干草可以供它们蜷缩进去，寒冷的夜晚还有加热灯。野猪和羊羔很快变成了很好的朋友，不知疲倦地玩着一种游戏：卡比用头撞一下布巴，布巴在院子里笨拙地缓慢移动着，追赶着卡比。一只邻居家的狗因为羡慕这种游戏的乐趣，学会了跳过四英尺高的栅栏加入进来。

每天，布迪都会把自己那有培根、鸡蛋和土司的早餐多做一份给布巴吃；在做晚餐时，不管做的是牛排和蔬菜、意面还是猪排，帕特西都会给布巴也做一盘。如果一家人在某家快餐店驻足的话，他们回家的时候就会带一份炸鸡给布巴。

布巴慢慢吞吞、若有所思地吃掉晚饭后，就会站在后门等着吃甜点。如果万一有人忘了把甜点拿给它的话，布巴就会耐心地一直在那儿站到半夜。它热爱冰淇淋，会幸福地张大嘴巴等着哪个女孩一勺接一勺地喂它冰淇淋。对啤酒也是一样，它会开心地等着啤酒被倒进它的喉咙里。但是它最钟爱的无疑是巧克力。

“你是个巧克力狂？”布迪对着它控诉说，“你干吗闻我的口袋？你觉得里面有什么？啊，你找到了，是不是？”布迪会大笑着把自己为布巴一直随身携带的巧克力麦丽素拿出来。

一位八十几岁的邻居在知道了这头野猪的弱点之后，经常靠在围栏上，跟它一起分享巧克力碎片饼干。一天晚上，布巴回报了她的善意——它吓跑了一个试图撬开她的后门的入侵者。它不断地朝围栏上撞，发出了巨大的声响，吓得盗贼匆匆忙忙地逃跑了，把帽子也给丢了。

然而在通常情况下，布巴是性情最平和的生物了。周围的孩子们在放学回家的路上会停下来逗弄它。如果帕特西把手放到它的背上，指示它躺下的话，它会立刻听命。“当我们在玩的时候，如果它用嘴咬住了我的胳膊，”布迪回忆道，“我只要说一句‘哎哟’它就会立刻松口。”当游戏结束时，布巴最喜欢的就是头靠在某个人的膝盖上躺着，让人给它挠着耳朵，心满意足地睡着。

布迪在回首过去的时候说道：“我知道肯定会有其他家庭像我们爱布巴那样爱着一个动物，但是至少我还没碰到过。”

“它就像是我们的一个孩子一样，”帕特西补充说，“我们无论做什么事都会想到布巴。”当想到过去六个月来所发生的一切时，她哽咽了，眼睛里满是泪水。

当堪萨斯州的一家人搬到周围时，布巴已经跟他们一起生活了十年了。有一天，那名年轻的母亲隔着几家后院看过去，望见了布巴，以为它是从野外闯来的野猪，会冲过围栏袭击她的孩子们。她飞速跑到室内，拨打了市动物管理处的电话，而管理处又随之通知了德克萨斯州公园和野生动物管理处。

当两名野生动物管理人员登门拜访，要求看他们饲养野生动物的许可证时，一家人才知晓了这次投诉。“但是布巴并不是野生动物，”布迪解释说，“它一直和我们生活在一起。”他描述了他发现布巴，把它带回家来救助时的场景。

“这没用。”管理人员说。他们坚持野猪，不管是怎样的野猪，都属于野生动物，必须被放归野外。

“但是布巴在野外会死掉的，”布迪抗议道，“它不会吃凤尾兰根，也不会跟野狼对抗。它根本就不知道怎么办。”

然而，管理人员说，这是法律。

“至少给我二十四小时，”布迪恳求道，“我有一名朋友有牧场，我会把它带到那里去的。”

他和管理人员正在就这一点进行争执时，帕特西回到了家中。当得知这两个男人想要带走布巴之后，她大哭起来。“我真希望自己有把猎枪。”她伏在布迪肩头抽泣道。

管理人员把她的话认定成了一种威胁，他们大步穿过房子，走到后院。布巴跑着上来欢迎他们。他们向后退了几步，用一把麻醉枪击中了它。

布巴不知所措地想要凑到布迪身边。当布迪跪下来把它搂到怀里的那一刻，布巴失去了意识。

管理人员开具了一张照管野生动物的征集令，把布巴拽到了他们的卡车上，开走了。

“如果当时我跟着他们就好了。”布迪说。但他那时先得让帕特西平静下来，另外他以为管理机构会按照常规将布巴扣留二十四小时后再采取其他行动。然而，第二天早上，当他前去野生动物管理处再次要求允许他把布巴带到他朋友的牧场时，他被告知管理人员已经第二次对布巴实行了麻醉，把它转移到一辆汽车的后备箱里开到乡下，丢到路边去了。

“哪里？”布迪乞求说，“告诉我在哪儿？”

管理人员拒绝透露。布迪一方面对他们处理这件事的方式感到气愤，另一方面又担心布巴的安危，于是他转向媒体寻求帮助。广播和电视记者们报道了这个故事。一夜之间布巴的事情闹得满城风雨。“专横霸道”“冷酷无情”“官僚主义”，新闻社论大肆批评着，“他们把猪绑架了。”往电台节目里打电话的听众断言道。晚间新闻节目采访了布迪和帕特西。印有“布巴在哪里？”的T恤像变魔术一样地出现了，而写着“把布巴带回来”和“布巴想回家”的贴纸如雨后春笋般出现在整个镇子的汽车保险杠上。

一周以后，当布迪和帕特西因被指控擅自饲养野生动物出现在法庭上时，整个审判庭里挤满了记者、电视摄像头和围观人群；动物保护协会的成员在法庭外聚集抗议。索恩一家的律师呈上了布巴吃着冰淇淋、靠两条后腿站起来亲吻帕特西和戴着一顶派对帽子的照片作为证物。“现在，我问你，”律师对首席法官说道，“一头参加新年除夕派对的野猪能被算作野生动物吗？”

“它就是。”野生动物管理处坚持着。法庭坚持认为尽管野猪属于野生动物，但布巴本身并不是。不过野生动物管理部门始终拒绝透露他们把它放到了哪里，而法院并没有权力强迫他们公布这一信息。帕特西和布迪当即向更高一级的法院提起了控诉。

一周过去了，而离案件听审还有三周的时间。索恩一家非常担心布巴根本无法独立生存那么久，于是一有空就沿着大大小小的乡间小路搜寻它的踪迹。其他地方的人们也在帮忙搜寻。每天都有电话打进来，说他们看到了一头野猪跟家猪一起在食槽里吃饭，一头友善的野猪朝一帮子野餐的人凑了过去，以及一头野猪被发现躲在了阴沟里。每当听到有人在哪里看到了可能是布巴的野猪，布迪和帕特西就会开上上百英里的路去寻找，有时甚至找到半夜。但不管他们喊了多少次它的名字，找了多久，布巴却始终不曾从灌木丛里奔出来，将疲惫的头颅放到他们腿上。

鉴于被采访了太多次，布迪极力想要表达得公正一点。“我最不希望看到的，”他说，“是人们因为听说了布巴有多可爱而去射杀野猪，得到它的宝宝。或者把一只猫头鹰、浣熊或者其他动物带回家当宠物养。野生动物的确是属于野外的。”

“但是如果有人像您一样发现了一只受伤或者被遗弃的动物呢？”他被问道。

“他们应该把它带到一位野生动物放归员那里去，他接受过训练，可以用特殊方法照料动物，让它可以被放回到野外去。”布迪回答说。如果要他重新选择的话，布迪说，他会对布巴这么做的。“但我那时并不知道有放归员这种职业存在，”他说，“所以我做了自己当时认为正确的事情。我跟野生动物管理处争执的焦点在于他们在这件事情上面那冷血无情的处理方式。如果管理部门真的在乎动物的话，他们是不会把布巴扔在路边饿死的。”

高级法院同意他的说法，命令野生动物管理处为索恩一家提供一张标明了布巴放归地点的地图。一名飞行员志愿者随时待命进行空中搜查，几百名其他志愿者时刻准备着对该地区进行大清查。布迪拿出了一笔1500美元的保证金，用来对搜寻者对私人财产可能造成的损失进行赔偿。一切就绪，只欠地图。

野生动物管理处并没有交出地图，而是提起了上诉。

布迪和帕特西不断地问自己这是为什么。野生动物管理处一定不会意识到进一步的拖延意味着对布巴进行死亡宣判。它是不是已经死了，因为第二次麻醉而死？是不是因为这一点野生动物管理处才对他们横加阻拦？索恩一家永远也无法知道答案了。

四个月之后，野生动物管理处上诉失败，终于交出了地图。那个时候没有搜寻者来帮忙搜索布巴了。没有人觉得它还可能活着。但是布迪和帕特西还抱着一线希望。

他们驱车来到地图上标注的那个地点。那是一块空旷的乡下地带，一眼望去什么都看不到——没有可供布巴避难的房子或者畜棚。索恩夫妇甚至根本用不着下车，但他们还是下来了。布迪用手臂环绕着帕特西，两人一起望向远处的地平线。最后，帕特西说："是不是因为我们太爱布巴了，我才会觉得它还活在什么地方？"

布迪点了点头。"也许这就是爱的含义。"过了一会儿他说，"在走了很久之后，你依然活在那些爱你的人心中。"

索恩一家也许再也不会知道布巴的故事的结局了。但是因为布巴，因为对它的遭遇的抗议，德克萨斯公园和野生动物管理处修改了他们的政策。现在驯养野生动物的持有人可以把它放到他们自己选择的场地，或者也可以把它交给某处野生动物放归中心，直到它能够在野外生存的时候才会被放归自然。所以，从某种意义上来说，布巴的故事确实终究有了个结局——对于其他因为这样或者那样的原因离开野外的动物来说，这是一个幸福的结局。

【布巴】口语，"好老弟"的意思。
【四健会】四健会（4-H Club）是美国农业部的农业合作推广体系所管理的一个非营利性青年组织，创立于1902年。它的使命是"让年轻人在青春时期尽可能地发展他的潜力"。

Smog 修女和毒蛇温德谢尔德

Sister Smog and the windshield viper

在加利福尼亚州塞巴斯托波地区的基督君主修道院里，上帝的米迦勒修女打开收音机。她每天听一次收音机来了解新闻，然后再把它们传达到那与世隔绝、潜心修行的修女小社区中。这些修女都住在这片被林木覆盖的山坡上的小木屋中。

米迦勒修女一边听一边想着这些小木屋。她们社区已经穷尽一切财力找人把那些可能会倒在木屋上的死树给砍倒，而现在又出现了一项新的威胁——白蚁正咬噬着木屋的地基。这些修女要从哪里搞到1000美元来加固这些建筑物的地基呢？

新闻结束了，米迦勒修女伸手要去打电话，正在这时，她的耳朵被一项通知所吸引。旧金山的KABL电台为了庆祝即将到来的圣帕特里克节，为慈善机构赞助了一场蛇的竞赛。“一等奖是1000美元！”通知说道。米迦勒修女站直了身子，眼睛望向天空。“哦，不要，上帝，我有一半爱尔兰血统，”她抗议说，“你可不要指望我跟蛇扯上什么关系。”但是为了搞到修复木屋所需的资金，她还是去要了一份申请表。

当申请表被送来以后，米迦勒修女不情愿地把它填好了。参赛者姓名？如果她写下“上帝的米迦勒修女”那就算是做了承诺了。但是她的姓名首字母S.M.O.G.看起来太蠢了一点儿，于是她不得不做出了一点儿妥协：“Smog修女。”蛇的名字？上帝啊，她嗤笑着想，蛇真的必须得有个名字吗？好吧，这样的话……“毒蛇温德谢尔德。”她写道。

米迦勒修女把表寄了出去，这无伤大雅，她心想。因为塞巴斯托波和旧金山相隔五十英里，她没办法过去。但是修道院的一位朋友主动提出送她过去。在圣帕特里克节当天，她祈祷了一路汽车会在路上爆胎，然而却毫无用处。她们在中午到达了皇冠·泽赖巴假日酒店，正赶上爱尔兰乐队开始演奏。“活的蛇，”米迦勒修女喃喃道，“我是为它来的。”

当她跟注册队伍中相邻的一个人坦白说自己紧张得就像走向罗马竞技场的早期基督教殉教徒时，那个男人试图安慰她。“你只要记住一件事，”他说，“不要把蛇抓得太紧。我去年就是这样做的，然后它转过头来咬了我一口。”

“我会记得的。”修女虚弱地说。她才不想要把蛇抓得太紧呢。她也不想把它抓得太松，或者说，她压根不想抓住它。

在登记台那儿她领到了一根木钉（“你可以敲打桌子，修女，但不能敲蛇”）、一块纸板（“防止蛇走错方向”）、一顶绿色纸制圆顶礼帽（“为你带来圣帕特里克节氛围”），还得到指示，在那只绿色垃圾桶里挑选一条蛇。

米迦勒修女把那顶礼帽扣在她的帽子上面，然后缓缓移动到那只装满了蛇的垃圾桶旁。她从自己的修女袍下抽出一只鞋盒，递给负责的那个男人。“你对蛇的了解比我要多，”她讨好他说，“你能不能帮我挑一只爬得快的，然后放到这个盒子里给我呢？”

那个男人淡定地伸手进去，拿出一条二十英寸长、猛烈扭动着的森王蛇抛进鞋盒里。“嘿，你在里面放了什么？”他在米迦勒修女合上盖子时问道。

“一瓶热水。我听说蛇类喜欢温暖。”

那个男人高声大笑了起来。“你会把它弄死的，要么就会把它给煮熟了。”

比赛分为预赛、半决赛和决赛三部分。在等待被叫号的过程中，修女每隔一段时间就会轻柔地摇一摇盒子。里面毫无生命的迹象。她应该试着往里面看一眼吗？蛇可能正缩成一团等着袭击呢。她应该试着把那个热水瓶拿出来吗？到了现在这个时候，如果蛇还活着的话，它很可能会把这个盒子当成它的洞，会不惜一切守护它的。

“第四赛道，”大喇叭里传来洪亮的声音，“Smog修女带着毒蛇温德谢尔德参赛！”天主教青年组织的一伙人大笑了起来，然后爆发出一阵响亮的欢呼声。修女挥舞着她的圆顶礼帽，然后来到一张十八英尺长的竞赛桌旁。她小心翼翼地把盒盖迅速打开，猛地把毒蛇温德谢尔德扔到第四赛道上。

蛇像一条旧绳子一样散散地纠结在一起，一动不动。米迦勒修女想看看它的眼睛是否睁着，但是她只能找到它的尾巴，找不到头。“哦，亲爱的，我对你做了什么？”她痛苦地喃喃自语道。怕蛇是一回事，把它活活烤死可又是另一回事了。广播员的声音透过大喇叭传出来：“各就各位……预备，开始！”修女匆忙地从自己的修女袍里拿出一瓶圣水。“拜托好起来，拜托不要死。”她轻声地说，然后把圣水洒到蛇的尾巴上。

发令枪一响，毒蛇温德谢尔德就像一根断掉的发条一样弹到了空中。是因为在热水瓶子之后加了冰冷的圣水的缘故吗？等到落地的时候，这条蛇已经距离终点只有一半的路程了。天主教青年组织的那群人大声地加着油。

“毒蛇温德谢尔德位列第一！”广播员解说着比赛。“第六赛道的希普斯蛇正在奋起直追！第五赛道的夏娃因为跑错赛道而被取消资格！现在第三跑道的斯塔和嘉德过来了！第三跑道的斯塔和嘉德走了！走错地方了！第一赛道的蟒蛇蒙蒂还在起跑线上！”

毒蛇温德谢尔德抬起身来在赛道之间的隔板上张望。米迦勒修女用一块纸板挡住它的视线。蛇吐出蛇信，朝着她来回摆动。希普斯蛇超了过去。修女疯狂地用木钉敲着桌子。“感受这种震动，毒蛇！”她吼道，“跟着这种震动来移动！”

“这次奋起直追的是毒蛇温德谢尔德！毒蛇温德谢尔德位列第一了！获胜的是……毒蛇温德谢尔德！领先一个身长！”

修女沿着桌子跑去。毒蛇温德谢尔德正从桌边滑下来，她抓住了它，把它放回盒子里热水瓶子的上面。她那些天主教青年组织的拥护者正在庆祝这场胜利。她脱下礼帽朝他们献了一个飞吻，然后就退到场外好让自己喘口气。

过了一段时间之后，她对自己说：“是我做的吗？真的是我做的吗？我赤手空拳地捡起来一条蛇？”她重重地一屁股坐了下来。

她试图回忆这条蛇的手感。不太冷，不太湿，也不太滑。摸起来既干燥又干净。她闻了闻自己的手，只有一点点秋天的气息，落叶的味道。这跟她预想中的完全不一样。事实上，感觉还不错。

可怜的家伙，她心想。圣水恐怕把它吓得半死了。难怪它冲我把信子伸了出来。同时她又想到了一点。也许它也害怕修女，就像我害怕蛇一样。特别是体重超标的修女。特别是戴着圆顶礼帽、体重超标，还叫做Smog修女的修女。如果它对我来说是条毒蛇的话，那我对它来说就是S. S.了。

半决赛即将开始。Smog修女挥手把鞋盒的盖子打开，把毒蛇温德谢尔德倒在桌子上。它像之前一样一动不动。但是这一次她看到了它的眼睛。它是青绿色的！

“各就各位……预备，开始！”圣水又被拿了出来。往它尾巴上滴了一点儿，然后……“毒蛇温德谢尔德再一次飞跃式起跑！”

“冲啊，毒蛇，冲啊！”天主教青年组织的人们大喊道，“耶，Smog！耶，毒蛇！”

修女在桌上敲着鼓点。蛇一伸一缩，一伸一缩。修女尖叫着鼓励它。毒蛇继续前进着。他们是一个团队，修女对这一点深信不疑。毒蛇知道它该做什么，并且做到了。修女沿着桌子跑过去，并且在终点的地方抓住了它。天主教青年组织那边爆发出的欢呼声震耳欲聋。他们赢得了半决赛！

修女轻柔地捡起这条蛇。它用一只青绿色的眼睛朝她眨了眨眼，并且试图要缠在她的胳膊上。“好了，好了，”她说道，“你做得非常棒，但是不要这样。”她抓住它的尾巴，把它拉成直线，欣赏着它背上那黄条的花纹以及腹部从棕色到奶白色的渐变，然后把它塞回鞋盒里。“你为决赛热热身吧，”她对它说，“我来刺探一下赛况。”

剩下的半决赛中最灵敏的是一条叫做麦克斯的蛇。修女注意到它的训导员会往它的脖子后面吹气，每吹一口气麦克斯就会挺直身子向前游走。这既合法又有效，她一定得记着要这么做。

决赛时间到了。“第五赛道，Smog 修女和毒蛇温德谢尔德！”

伴随着一片欢呼声，她把温德谢尔德倒出来，放到起跑线上。她低语着：“冲啊，毒蛇，冲啊！”它看起来像是睡着了。她又凑近了一点儿。它的眼睛闭着，但是它的嘴巴……是的，她很肯定这一点——它的嘴巴弯成了微笑的形状。她觉得它知道他们就要赢了。

“各就各位！”圣水滴了下来，温德谢尔德出发了！但是它太着急了，它抢跑了。她不得不把它带回来，它朝她吐着舌头。“我不怪你，我真是个蠢货。但是千万千万要记得那些白蚁啊。”

“各就各位……预备，开始！”这一次水并没有让毒蛇惊跳起来。“冲啊，毒蛇，冲啊！”修女尖叫着，它若有所思。“冲啊，毒蛇，冲啊！”天主教青年组织的孩子们喊叫着。它缩起了身子。“冲啊，毒蛇，冲啊！”它感受到了修女吹在它脖子上的热气，伸直了身子，往前滑行了一大步。她敲着桌子：“跟上这个节奏！”它朝旁边滑了过去。修女又哄又吓。它朝前猛冲了一段，然后停了下来，聆听远处的鼓声。“拜托了，毒蛇温德谢尔德！”它又向前滑行了一大步，然后又一大步。它挺起身子，眺望着终点线。“冲啊，毒蛇，冲啊！”

“它们齐头并进！麦克斯和毒蛇温德谢尔德！它们正进行最后的冲刺！麦克斯领先！毒蛇温德谢尔德领先！麦克斯领先！它们到达终点了！领先一个鼻长的冠军是……麦克斯！第二名，毒蛇温德谢尔德。第三名……”

修女绕过桌子接住了毒蛇温德谢尔德。它朝她吐着舌头。“你是对的，我自作自受。如果我不是那么笨手笨脚的话，赢的就会是你了。”

一只手抓住了她的衣袖。“恭喜你,修女。到这边来。他们来了，大伙，Smog 修女和毒蛇温德谢尔德来了！ 1000 美金的得主！”

“什么？”

“二等奖，修女。你赢得了 1000 美金。”

“嘿，毒蛇温德谢尔德，你听到了吗？足够我们来对付白蚁了！”一只青绿色的眼睛闪烁着。“哦，你这条聪明的蛇，你一直都知道。”

等到电视采访结束之后，天主教青年组织的孩子们把 Smog 修女给围住了。“你怎么敢去抓蛇呢？”一个女孩子问道。

“这个嘛，我发现它跟上帝所创造出的其他东西没什么不同，”修女回答说，“它喜欢被温暖地对待。”

“你为什么管它叫毒蛇温德谢尔德呢？你就不害怕它只往边上走吗？”

“哦，我从来没有想过这一点。我应该管它叫尤里乌斯·凯撒的——它来，它见，它征服了。”

等到 1000 美元的支票安全地塞到她的修女袍里之后，修女把蛇还给了那个把它挑出来的人。“我希望它不会有什么事情。”她说。

“什么事都不会有。它们将回到我抓住它们的那片自然保护区里。”

米迦勒修女一边将手伸向鞋盒一边说：“谢谢你，毒蛇，谢谢你让我懂得了蛇。我保证再也不会害怕它们了——如果你能保证不害怕戴着绿色圆顶礼帽的修女的话。”

当毒蛇温德谢尔德滑进垃圾桶时，它的嘴巴弯成了微笑的形状。上帝的米迦勒修女清楚地看到了这一点。

【S.M.O.G】“上帝的米迦勒修女”的英文为“Sister Michael of God”.
【毒蛇温德谢尔德】Windshield，原意为“挡风玻璃”.
【森王蛇】产于美国南部的无毒大青蛇.
【S.S】Smog 修女（Sister Smog）的缩写.
【它来，它见，它征服了】公元前 47 年，恺撒大帝（Caesar）率军进入小亚细亚的吉拉城（Zela in Asia Minor），只用了 5 天时间就平定了庞培部下本都王子帕尔纳凯斯（Pharnaces II）的叛乱。胜利后的恺撒将所有的喜悦和骄傲都浓缩在三个拉丁词里：Veni, Vedi, Vici（意为 I came, I saw, I conquered——我来，我见，我征服）。这就是历史上著名的“三 V 文书”，据说现在表示胜利的 V 字形手势也是从那时而来，充分显示了恺撒用兵神速、语言简洁的特点.

拯救角儿

Saving Trouper

一只跟溺水的小猫差不多大的浣熊宝宝正四肢摊开脸朝下地倒在路中间的一个水坑里。帕特·科尔索·康朵思，新泽西州西奥兰治市的一名动物管理员，停下了她的小货车，好把它的尸体捡回来。她猜都猜得出来发生了什么事：最近的大雨引起了这一带山洪暴发，一只浣熊妈妈决定把它的孩子们搬到安全地方去；这只小东西掉了队，妈妈为了保护其他的孩子而遗弃了它。

“可怜的家伙。”帕特在弯腰把它捡起来时喃喃自语道。她的内心深处对浣熊有着一种怜悯之情。因为这一带存在狂犬症，因此当地居民会杀死他们见到的每一只浣熊。尽管帕特对这种屠杀表示理解，然而她也知道其中的大多数都是不必要的，因此对它们总有一种保护之情。

她用毛巾包着手，抓住了这个小东西。它的身体猛地抖了一下。“嘿，你还活着呢！”她惊讶地说。水顺着它的皮毛流下来，它发出一声刺耳的呼吸声。她用毛巾擦着它的身体，温柔地拭去从它眼睛和鼻子中渗出的黏液。浣熊宝宝的喉咙中开始发出一阵咕咕咕的声音。浣熊会像猫一样发出咕噜咕噜的声音，帕特意识到这个小东西正在试图发出这种声音。它张开眼睛，向上看着她。如果它能说话，那它的恳求一定再清楚不过了：“请帮帮我。”

帕特之前是一名兽医，凭借过往的经验她对这只浣熊宝宝的状况做出了一个大致的判断——没有得狂犬病，但是很可能患有犬瘟热，并且肯定有肺炎。空气汩汩地通过它肺中液体的声音听起来就像是一个小孩子在一杯牛奶里面吹泡泡。帕特猜测它只能再活上个几分钟，最多几个小时了。

镇上没有寄养野生动物的地方。帕特接到的命令是逮住那些健康的动物，把它们放到合适的地方去，同时杀死那些患病或者受伤严重的。但是这个小东西眼中的乞求让她犹豫了。她决定把它带回家里去。到家之后她用吹风机把它的毛吹干了，强迫灌了它一点儿配方奶粉，然后把它安顿在一个毛巾做成的小窝里，放到电热灯下面。半夜的时候她成功地又多喂了它一些配方奶粉。早上的时候它仍然活着。

“你是个角儿。”她对它说，惊叹于这只浣熊宝宝尽管这么小，病得这么厉害，却能撑下这场战役，坚持着呼吸。“如果你这么坚持要活下去的话，我会尽量给你一些帮助的。”

许多兽医师都不愿意治疗野生动物，但是新泽西州西考德威尔市动物应急小组的莎莉·希尔却跟帕特一样被这个小东西给感动了。她开了些抗生素和皮下注射液，并且把这两种药品又多给了帕特一些，这样一来她就可以自己继续给这只浣熊宝宝进行治疗了。在拿笔填一张表的时候，希尔医生在第一行的地方停住了。“名字这里我要怎么写？”

“角儿，”帕特说，“因为它是如此有种的一个小家伙。”

“不管它有没有种，我担心它熬过去的概率几近于零，”兽医警告她说，“很少有浣熊能熬过犬瘟热。”

“是的，我知道，”帕特说，“但在它放弃之前我不想放弃。”

帕特决定问问她在临近城镇野生动物小站的朋友们能不能收留它，因为她们能给它带来的帮助很可能要比她多。她不得不等到傍晚再打电话，因为那两个成立这一机构的动物放归员白天还有别的工作。安德莉亚·艾布拉姆森是基恩学院东部校区的主任，弗雷达·雷默斯则是学院教授传播学的老师。当帕特联系上安德莉亚时，她描述了角儿和它的状况。

安德莉亚倾听着，然后解释了她们的处境。那一天一位司机把他撞到的一只负鼠送到了最近的兽医那里。那位兽医拉上了弗雷达一起，当医生对负鼠妈妈施行安乐死的时候，她站在一边，从负鼠妈妈的育儿袋里拉出了十三只小负鼠。这意味着安德莉亚和弗雷达有十三只每隔两小时就得用奶瓶喂一次奶的负鼠宝宝要照顾。“还不仅仅是这样，”安德莉亚说，“布玛回来了。”

帕特记得布玛，它曾是每个人的心肝宝贝，因为在浣熊中它也属于极度聪明的那一种了。它曾经通过观察安德莉亚和弗雷达的行为而学会了打开玻璃拉门，并且它还很擅长搜寻藏在她们口袋里的好吃的。在被放归大自然的几个月之后，它在一个明亮的月夜回来了，发出低沉洪亮的声音。弗雷达和安德莉亚走出门去，布玛站在那里，旁边是一只雌性浣熊。“看啊，”弗雷达轻声说，“它把女孩子带回家见妈妈们来了。”

但是这一次它是回来寻求帮助的。它呼唤着她们，当她们走出去时，她们看到它的一条前腿血肉模糊，骨头断了好几处。浣熊有时候会很凶猛，而布玛很显然正处于极度的痛苦之中，但她们在搬起它时根本不用戴上厚厚的皮手套，因为它记得之前她们是如何照顾它的，并且完全地信任她们。

她们带它去了兽医巴瑞·奥兰治那里，他把它的腿从爪子到肩部整个切开，好把碎掉的骨头重新固定到一起，然后再用金属丝和大头针把它固定住。要把腿重新缝合起来需要缝好多针，布玛看起来像是被缝纫机整个订了一遍似的。它的腿不能上石膏，因为就像任何一个有自尊心的浣熊一样，布玛会立刻就把它咬下来的。

“所以，”安德莉亚在故事结束的时候说道，“弗雷达和我晚上得轮流起来陪着它，在它开始扯线头的时候转移它的注意力。幸运的是，我们这么做的同时还可以喂喂负鼠。但是听起来你的小家伙反正也撑不下去，所以如果你能养着它的话，也算帮了我们一个大忙了。”

在接下来的几天里，角儿的鼻子和眼睛里还是不断地渗出黏液。它挣扎着呼哧呼哧、嘎啦嘎啦地吸着空气，变得越来越瘦，逐渐脱水。但是它依旧眷恋着生命。帕特一点点地在手指上沾上营养膏，耐心地等着角儿积蓄起足够的力量，把它们舔干净。她一直把它裹在毯子里，而它则努力地试图发出咕噜咕噜的声音，告诉她它喜欢她抱着它。

四天之后，帕特又捡到了一只浣熊，她的搭档也带回了一只。鉴于犬瘟热具有高度的传染性，而她又没有什么设施能把角儿隔离起来，她觉得现在自己必须把它带到野生动物小站去了。她的丈夫开着车，帕特则把那个小襁褓放到大衣里保持温度。他们两个把角儿带到了安德莉亚和弗雷达那里。

“我觉得洗碗刷都比它更有生气，”当他们把它交给她时，安德莉亚评价说，“你们知道它只有百分之一左右的希望吧？”

“那也比零好。上次我问的时候，他们说希望接近于零。”

安德莉亚和弗雷达把角儿放在一个一半有电热垫一半没有的猫箱里，这样一来当它需要热量的时候它可以得到温暖，而当它觉得太热的时候就可以爬到另一边去。她们先给它打了抗生素，然后每隔四小时往针管里吸满水分和赐美乐——一种母犬奶代用品，再费劲地一滴滴地喂到它嘴里去。

哪怕隔着两个房间和房门还能听到角儿那粗重的喘息声。兽医开了一种支气管扩张剂。她们把药片磨碎，放在赐美乐里。角儿拒绝把它吞下去。她们又把它放在它喜欢的营养膏里，但它还是拒绝去舔它。唯一能让它把药吃下去的方法是把药片放在一个给药机里，把它射到它的嘴巴里，然后合上它的下巴不让它张开，直到药片顺着它的喉咙滑下去为止。

每隔两小时，弗雷达或者安德莉亚就会抓住这个小毛团的后腿，把它倒过来，捶打着它的后背和胸膛。黏液会流出来，她们用纸巾把它擦去。很快它的鼻子就变得红红的了，于是她们把纸巾沾上了芦荟汁。每次被捶过之后，角儿尽管依旧相当虚弱，却能够睁开眼睛找它的营养膏了。

每天傍晚帕特都会打电话来问角儿怎么样了。每天傍晚的回答都是一样的："它还活着，仅此而已。"但是三个礼拜之后，安德莉亚觉得自己发现了一些轻微的改善。她把少量营养膏抹在了盘子上，把盘子凑近角儿。它抬起头来嗅着，然后摇摇晃晃地从它那用毛巾做成的窝里一点点挪动着，把盘子舔得干干净净。那天晚上当帕特打电话来的时候，安德莉亚说："我觉得你的宝贝儿要打赢这场战争了。"

“我就知道它是个角儿！”帕特大叫道。

很快，只要弗雷达和安德莉亚一走进房间，角儿就会踉踉跄跄地走到猫箱门口，满怀期待地等着被抓起来、捶背、抱着和喂食。通常放归员们都会努力不让动物跟她们产生亲密的感情，但是角儿实在需要太多关注了，她们不得不用手接触它，而这种接触又衍生成了爱抚，因为很显然它喜欢被挠耳朵，当她们对它说话时它会发出大声的咕噜咕噜声。

经过了六个礼拜的治疗之后，角儿的呼吸变得不那么费劲了，它的皮毛也开始闪烁着光泽。它又继续打了两个礼拜的抗生素，以确保肺炎已经彻底被根治了，但是接下来这只小浣熊又患上了哮喘。放归员们又一次觉得它可能活不成了，直到她们发现只有当安德莉亚走进房间的时候哮喘才会发作。这两个月来角儿所需的这种几乎每隔一小时就要进行一次的操作绝大多数都是由安德莉亚来完成的，这也就意味着，在角儿看来，安德莉亚就是它的母亲。因此每当它看到她的时候，它就会变得非常激动，以至于开始喘息甚至窒息。

尽管要停止接触和爱抚这个招人喜欢的小家伙是非常痛苦的，但很显然已经到了要让它断绝与人类接触的时候了。他们给了它一个毛绒动物玩具，它把它拖到了窝里，跟它一起睡觉。当它变得强壮一点儿之后，它开始跟它一起玩，对它进行挑战或者猛烈地摇晃着它。它正在练习野外生存所必需的动作，正如一只小浣熊会跟它的兄弟姐妹们练习的那样。在它不向这只毛绒玩具发起进攻的时候，它就跟它说话，学习着浣熊用来跟彼此交流的发音。

凑巧的是，另外一只没有家庭的小浣熊也在这个时间来到了野生动物小站。洛基曾被非法养来做家庭宠物，在被放生之前需要训练它学会生存技巧，不然的话，它很可能会向人走过去想要被爱抚，结果却被误解为要攻击人类而被痛打一顿。在被隔离了很长一段时间之后，安德莉亚和弗雷达确定它是健康的，于是它和角儿一起搬到了一个室外的笼子里。这个笼子像一个步入式衣帽间一样大，四周是金属丝网，门上是个插锁，因为浣熊聪明到足以打开普通的门闩，另外一个角上还高高地放着一个盒子做的窝。它们两个的第一次见面相当吵闹，因为它们彼此都在用暴力威胁着对方，但是一旦它们的领土纠纷解决了之后，它们很快变成了好朋友。现在它们两个都有了一个活生生的伙伴来练习如何在野外与彼此相处了。

因为浣熊是习惯夜间活动的，角儿和洛基白天都在它们那用盒子做的窝里睡觉。当弗雷达走进笼子来清洁打扫，给它们送吃的的时候，它们会从窝里探出头来看一看，随后它们那活泼、好奇的脸庞就消失在洞口，回去继续睡大觉去了。然而，如果来的人是安德莉亚的话，角儿会从盒子里荡到一个高处的架子上，顺着它一直走到她身边，凑上前去让她给它抓抓耳朵。

但是她再也没有去抱它、爱抚它，或者呼唤它的名字了。这让她心里很难受，但是她和弗雷达都曾经那么努力地挽救它的生命，她希望当角儿被放归野外时，它能够尽一切可能地活下来。

为了挽救一个动物的生命值得耗费这么长的时间吗？值得花费如此多的开销吗？安德莉亚和弗雷达用她们从学院里拿到的薪水支撑着这个野生动物小站。她们自己出钱花时间去接受取得野生动物放归员执照的培训，自己出钱花时间每年去拯救三百个左右松鼠、兔子、土拨鼠、臭鼬和浣熊的生命。她们为什么要这么做？

她们这样做是因为她们相信这个星球上的所有生命组成了一个相互连通的网络，当她们看到这个网络上出现了裂痕时，她们想要尽自己的一切力量来修复它。她们这样做是为了这样的一天，就像接下来的春天里的某一天一样，她们把角儿和洛基带到几英里之外的土地上，那里有树林、田野和溪流。

她们把盛着动物的箱子放到树林的边缘，打开门闩，然后穿过田野，回到她们的车旁。弗雷达进了驾驶室，但是安德莉亚却一直站在那里，回头看着那个箱子。过了一会儿以后，洛基用鼻子顶开了门，探查着这片田野，测试着它是否真的已经自由了，然后猛地冲到了树林里。角儿一半身子留在箱子里，一半身子探在外面。它看着洛基走掉，然后慢慢地这边转转、那边转转，它的眼睛来回在田野上搜寻着，一遍又一遍。它往箱子外面走了两步，走到刚好可以看到箱子上方的地方。正好在这个时候，在田野另一边的安德莉亚赶走了一只虫子，这个动作吸引了角儿的注意力。它离开了箱子，在地上蹲坐着，眼睛直盯着安德莉亚。安德莉亚躲到了车后它看不到的地方，但它还是一直盯着看。时间一分分地过去了。

“上车吧，”弗雷达对她说，“只要你在这儿角儿就不会动的。”

安德莉亚不情愿地同意了。她重新出现在角儿的视野里，在那儿站了一会儿，然后挥手说再见。

后来，朋友们告诉她们，洛基前后回来了两次召唤角儿，但直到一个小时之后，角儿才转身跟着它走进了树林。

后记

纯爱的一年

The year of pure love

人们为什么会对一只动物如此专情，甚至专情到了令人惊讶的程度？最近我失去了一只爱猫，这件事让我开始思索这个问题。我为什么这么爱比提？我为什么会因失去它而感到如此痛心、难过？

我是在一年前发现它的。我和一位朋友在山路上散步，我的狗弗雷比在前面领路。突然之间，伴随着高兴的大叫声，一只小猫从路边的灌木丛里冲了出来，朝弗雷比直冲了过去。小猫一边用后腿跳起来，撞在了弗雷比的下巴上，一边因为有了伴儿而发出愉快的叫声。因为事情发生得太猝不及防，狗既没来得及叫也没来得及后退。这只小猫看起来营养充足、干净整洁，很显然并没有在冬天的严寒中待太长时间，这意味着它是从周围不远的哪栋房子里面趁人不注意在开关门的时候冲出来的。我们把它抱了起来，开始寻找它的主人。

“不，”我们在每栋房子里都得到了这样的答案，“不，这小猫不是我们的，但还是谢谢你们。”

我们跑遍了所有的房子，带着暮色气息的雪花不久便飘了起来，我别无选择，只好把这只小猫塞到我的羽绒服里，把它带回家——我不能养它，因为我已经有两只猫了，只是暂时收容它一会儿，第二天就把它送到动物保护协会那里去。当我们下山的时候，我们被它给逗乐了，因为这只把头靠在我的外套拉链上的小猫一直在喋喋不休地说话。它那热情的叫声并不是喵喵的声音，声音中也不含一丝不安。事实上,它们听起来很像是一种欢快的“哇哦”声，有时生机勃勃，有时带有一丝疑问，有时还会像摇滚歌手那样破碎成两三个音节。不管是谁在说话,它都会看着他发出“哇哦”的声音，像是打算把他们引进这段谈话似的。

到家之后，当它遇到原本住在这里的那两只猫时，它嘴巴里一直不停地发表着评论，此外它还吃了点冷鸡肉做晚餐，探查了一下屋子。哪怕等到我把它放到厨房的柜子上面一个铺着毛巾的柳条篮里之后，只要谈话的音量一改变它还是会把脑袋探出来，愉快地发表自己的观点。

它对于交谈的执著实在是太讨人喜欢了，所以等到早上的时候原本去动物保护协会的计划已经变成了到兽医那里检查这只小猫的健康状况和性别,以便收养它。尽管这只小猫看起来像个男生，年纪也不大，但我还是开始觉得它是只情绪激动的母猫，不然它为什么会那么多话呢？但是兽医打消了我这个念头，宣布它是只公猫，大约九周大，状态良好，耳朵里没有虫子，毛里也没有跳蚤。

“所以，”我在回家的路上说，这只小猫坐在我旁边的前座上，爪子规规矩矩地塞在身下，“你只是一只非常爱说话的小家伙。”

“哇哦，哇哦。”它高兴地同意道。

从那以后，它的名字就一度成了“小家伙”，后来又变成了“小不点儿”。

尽管我一直都偏爱有着毛茸茸尾巴和屁股的长毛猫，但我觉得小不点儿也不丑——很少会有真的很丑的猫——它只是长得平淡无奇而已。它是一只虎斑猫，一只家养短毛猫——按照一位朋友对它的描述，它是一只平凡的猫——斑纹皮毛上有着深色的条纹，有着白色的爪子和尖得出奇的脸。好处在于它一尘不染，它的眼睛闪烁着对世界的爱意和兴趣。它不仅仅是好奇，更是想参与，急着要去帮忙打开所有的门、盒子、信件和垃圾袋，并且只要有选择的话，它一定会选择睡在人的怀中或者腿上，抑或钻到被子里靠着人的后背。当没有人体可以用的时候，它会挤在弗雷比的前爪中间。

它从不咄咄逼人，总是很平静温和；它从不惊慌失措，总是精神愉悦。哪怕在探望我的一位九岁的外甥时被拖了一整天，它也没有怨言。它跟宠爱它的弗雷比一起玩了好多自己发明的游戏。它不会在家具上磨爪子，并且只有当我不在家的时候才会坐到那张天鹅绒椅子上。不管什么时候，当我走进一间屋子而它在里面睡觉时，它都会起身对我打招呼；不管它在田野上逛得有多开心，它都喜欢被人拎起来抱在怀中。深情款款，反应迅速，富有爱心，善于交流，它实在是最理想的猫了。

至少我是这么想的，并且当它消失不见的时候，我心碎欲绝。一个星期六的晚上,我邀请了客人们共进晚餐。当他们离开的时候，它从门缝里悄悄地溜了出去。那是一个猫类无法抵抗的晚上。大大的月亮将月光洒在田野上，映照出深浅不一的阴影，所以完全不可能把它喊回来。不过反正它也经常在田野里过夜，第二天早上再守在前面的门廊里等着被放进来吃早餐。

但是周日的早上它并不在门廊里。我呼唤它的名字，然后又出门去找它。我沿着小路上上下下地寻找着，找过了沿路的第一片田野，又找过了第二片，以及由单行铁道线改造而来的大路旁的那片间隔在两片田野之间的小树林。我问过了关着纯种马的马厩，也问过了附近的每一栋房子。我找着、叫着，希望听到它“哇哦”的回应。我变得越来越焦虑，直到后来我的恐惧像一大袋灰色的羽毛一样笼罩在我的心上。

我在小不点儿之前养的那只猫切斯特被浣熊给吃了。小不点儿不会也经历了同样的命运吧？我疯狂地寻找着它。只要在我发现的时候它还活着，我就能把它给救回来，我肯定可以。但是四天之后我放弃了希望，因为晚上开始变得越来越寒冷了，它不可能在这种严寒中存活下来，于是我开始期望能够找到一些关于它存在过的线索。我害怕找到一片皮毛、一根被咬过的腿骨，或者一具血肉模糊的尸体，但我更无法忍受不知道它究竟出了什么事。

我没有找到任何线索。这件事已经过去好几个月了，至今我仍旧为此感到悲痛。每次从前门看出去的时候我还是会带着愚蠢的希望，想要看到一只长相平凡的猫坐在门廊上，爪子缩在身子底下，有个独特的声音叫道："哇哦？"

我怀着深深的悲痛想起跟小不点儿在一起度过的这一年。我们从不吵架，从不争执，从来不会让对方感到心烦。我们没有什么事情好责怪对方，没有至今仍未消解的痛苦，也没有不曾愈合的伤口。我从不曾责骂它，它也从不曾令我失望。我从未失去耐心，它也从未拒我于千里之外。这一年中只有纯纯的爱。

在我想到这纯爱的一年时，我在想这会不会至少从一个方面解释了动物为什么会在一个人的生命中变得那么重要。纯爱在人类之间是很罕见的。我这辈子爱过别人，也被别人爱过，有时还爱得很深，但这些爱从来都不是毫无保留的，它们总带着一些附加条件和警告。现在想来，我觉得这在人类的爱中是无法避免的，不仅仅无法避免，而且还是理应如此的。对每个人来说都存在这样一个恒久的问题，他们需要跟对方贴得很近以赶走孤单，但同时他们也要跟这个人隔得足够远以保留自我。一个人不能把对方吃得太死，同时也要避免被对方吞没。

但对于动物来说这却不成问题。无止境地被狗或者猫关爱根本不会让人心生抵触，而狗或猫则更乐意回过头来接受你无止境的关爱。这无损于它的个性与独立。它会一直这样下去，做一个动物，一个只属于它自己的动物，不管它身上承载了多少爱意。这样一来，人可以全身心地尽情地爱一个宠物，献出他最多最慷慨最全心全意的爱。这是一件令人再开心不过的事情了——毫无保留地献出一个人的全部感情。

按照唐纳德 · 巴塞尔姆的描述，人类的爱既“恐怖又宝贵”。这样说来，能够体会到爱一个动物的这份单纯是多么令人放松的一件事啊！你不必担心自己得到的爱的回馈不够浓烈或者太过浓烈。对宠物的爱中不会有对爱的质量的担心，不会有指责，也不会有日程表。就像我跟小不点儿之间一样，那是一种纯纯的爱，一种对一个人爱的能力的肯定，一种自人类复杂爱情中的解放。

人们总是试图把这些复杂问题——以及其他的那些东西——转化成文字。小不点儿只有一个词可说：“哇哦。”它会根据当时的情境、它自己当下的需求以及它所希望表达的感情来改变这个词的音量和共鸣。同样的，这种单纯性也令人感到放松。多好啊，不再需要找寻最适合的那个词，可以在没有词汇障碍的情况下进行交流。我的一位姑妈对小宝宝们总是抱着极大的热情，我现在明白这是为什么了——那种怀中抱着一个小小的、温暖的身体的感觉，通过安抚性的、不需要词汇的声音来传达爱意和安慰，为了另一个生物而守候在那里的绝对性。

同样的，亲密也带来一种触觉上的愉悦感。当我读书或者看电视的时候小不点儿会睡在我的大腿上，我的手指抚摸着它的皮毛，享受着那天鹅绒般的触感。当它沉沉睡去时，它会变得越来越沉，这份深深的信任也赢得了我的心。我相信过去从来没有人、将来也不会有人像小不点儿那样地信任我。它从不认为我会伤害它、吓到它或者拒绝它。它全心全意地认为我总是想要它待在我的腿上的，虽然有时候我其实并不这样想，但我从来也没有让它知晓这一点，因为我不想让它觉得自己无条件给予的陪伴没有得到无条件的欢迎。

陪伴——我猜想，当人们尝试解释自己对某个宠物的依恋时，他们最常用到的就是这个词了。这种陪伴的价值无法估量，它可以被买到，并且尽管是花钱买来的，却也心甘情愿。除非一个动物被严重地虐待了——甚至有时候哪怕它被虐待了——它的忠诚度都是无与伦比的。如果我在花园里干活的话，一个带着狗在我家门口散步的年轻人经常停下来跟我聊天。在我们聊天的过程中，他养的土狗露西总是一刻不停地盯着他的脸。它专注地听着他说话的音调，当他开始道别时它就会挪动到他的身边。我不知道这个男人身上有着什么故事，我只知道他独自住在林中的一栋小屋里，尽管我也希望他得到一些人类的陪伴，但我知道他在这个世界上是安全的，也是有伴儿的，因为他有露西。

动物对人是无条件接纳的。我有一位九十岁的朋友最近不得不给她的一只老狗做了安乐死。尽管她抗议说她这一辈子都是一个爱狗的人，我还是带她到动物保护协会去收养了一只猫。她挑中了一只橘色皮毛的亲近人的猫，那只猫对九十岁的人立刻表现出了跟对九岁的人同样的依恋。动物对于主人长什么样子、应该是什么样子没有先入为主的看法；它们也没有年龄或者性别的偏好。不管你长什么样子，有什么天赋，有什么资产，或者根本没有天赋没有资产，"它们从不提问，"正如乔治·艾略特所言，"也从不会批评。"它们接受自己的主人，并且只要你对它好的话，它们就会极为满足。

顺便提一下，这个从前的爱狗人士宣称这只小猫改变了她的人生。当我打电话给她时，我还没来得及说自己找她有什么事她就直接开口道："我爱死那只小猫了！它太棒了！它跟着我到处走。它还跟我说话。"她对人生的热情之前曾经黯淡下去，现在又重新燃烧了起来，这不仅仅是因为那只小猫的陪伴，还因为她再一次被什么东西所需要。爱利克·埃里克森形容人生的成熟阶段的特征为“创造力感”，即努力去培养和保护弱小及具依赖性的人、事、物，为他们提供机会或条件。这是一种被需要的需要。我们都会经历这一需求，而动物则让我们在孩子们长大成人离开很久之后还有机会表达这种需求。

被照顾的动物会对我们有所回报，它们的回报方法与我们不同，它们会提醒我们人生中最重要的一些道理。其中一项便是活在当下。我们思索昨天——说了什么，做了什么，还有什么没有做——或者更远的过去那些走过或者没有走过的路，错过的机会，失去的爱情。我们畅想明天——计划、约会、希望、担忧。我们没有，或者说太少，在“当下”驻足。我们总是在向后或者向前看，忘记要关注这一刻，这一时，忘记要享受“当下”。

小不点儿让我意识到这一点。它会找出厨房地板上洒满阳光的那一小片地方待在那儿，最大限度地享受现在。看到它我会提醒自己说要“活在当下”——感受阳光，品味食物，聆听音乐，倾听话语。

动物让我们接触到最基本的那些东西以及自然界，这些跟获得、花费、消费、丢弃毫无关系。它们是通向自然界的一道桥梁。我通常都会沿着田野的边缘行走，但在寻找小不点儿的时候，我走到了田野中间。那里我发现在枯黄的冬天的野草中，有一片被偏僻的小路环绕的区域。有一些小路像毛细血管一样地蜿蜒曲折，走到最后是死胡同；有一些上面有大片的被压平的草，鹿会在上面睡觉；有一些上面则布满了洞穴，大小从田鼠到土拨鼠不一。小不点儿现在会不会已经被某个比它更大、更强壮、也更凶猛的生物拖到了哪一个洞穴的底部呢？

如果这种事情有可能发生的话，我是不是应该阻止小不点儿和人类的交流呢？我想不会。自然界有它黑暗的一面，同样，人类的天性中也有自己黑暗的一面，即喜欢控制、支配、对动物肆意妄为的一面。我们有这种力量，而当我们有这种力量的时候，我们总是会忍不住想要运用它。我们必须抵挡住这种诱惑。我认为一个动物应该有奔跑、攀爬、潜行、晒太阳、挖掘和漫步的自由——当然了，如果它住在城市里的话是自然不行的，我是说如果它的家庭所在地有这种条件的话——而这与合理的安全范围是并行不悖的。关于这一点我很有可能是错的——许多人会这么说——但是我一直觉得开心要比安全更加重要。人生是有风险的，你冒的风险越多，你的生命就越有活力。人类去攀爬险峰，去驾驶赛车，去深海潜水，为的就是从危险中存活下来的这种极限快乐。动物为什么不能拥有同样的刺激感呢？

我无法不让小不点儿享受这一切，它热爱野外。如果能够重来一次的话，我是否还会有勇气让它自由自在地漫游？或许，如果我知道仅仅一年之后我就将失去它，我不会。但是将来哪一天当我再养猫时，如果它愿意的话我会在等到它足够大时放它在田野上漫步，因为动物跟人一样，如果想要从人生中获取最深层次的享受，找寻最深层次的意义的话，那就要做让它能够获得最大快乐的事情。

了解我失去小不点儿的悲痛的朋友们说："这就是为什么我不再养宠物了。当你失去它的时候那种感觉实在太痛苦了。"这种感觉的确很痛苦，但是哪一种更糟呢？失去的悲痛还是心中蓄满了爱意但却无处释放的空虚？

最棒的是拥有，其次是曾经拥有，从未拥有过甚至连第三也排不上：它压根就没有位置。如果我曾经在凯迪去世、切斯特被浣熊咬死或者弗雷比中风的时候说"我再也没办法承受这种痛苦了"的话，我也就会错过跟小不点儿一起度过的这纯爱的一年了。

"温柔和完全的信任还有交流和真相。随着一个人渐渐长大，这些东西变得越来越重要，"艾丽丝·默多克的小说《大海啊，大海》中的一个角色这样说道。我相信的确如此。同时我也相信这些东西在其他人身上很难找到，最多只能找到一部分——并且也很难给予他人，至少无法完全地、轻易地给予。随着我们渐渐长大，